Capitano Smollet

Dottor Livesey

Madre di Jim

D1522112

Geronimo Stilton

L'Isola del Tesoro

Cari amici roditori,

dovete sapere che la mia passione per la lettura è cominciata tanto tempo fa, quando ero ancora piccolo. Passavo ore e
ore a leggere romanzi bellissimi, che mi hanno fatto vivere
fantastiche avventure e conoscere luoghi lontani e miste-
riosi. È proprio vero che leggere mette le ali alla fantasia!

Così ho pensato di regalare anche a voi le stesse emozioni che ho provato io anni fa, raccontandovi i capolavori della letteratura per ragazzi.

Vi piacciono le storie di pirati, di tesori nascosti e di mappe misteriose? Allora preparatevi a vivere un'incredibile avventura in compagnia del giovane Jim, che vi condurrà nel più fantastico viaggio per mare che abbiate mai immaginato, alla ricerca de *L'Isola del Tesoro*!

Geronimo Stilton

Testo originale di R.L. Stevenson, *liberamente adattato da* Geronimo Stilton. *Coordinamento di* Piccolo Tao.

Editing di Red Whale *di* Katja Centomo *e* Francesco Artibani.
Direzione editing di Katja Centomo.
Coordinamento editing di Rosa Saviano *e* Flavia Barelli.
Supervisione testi di Moreno Savoretti.
Disegni di riferimento di Maria Claudia *e* Andrea Greppi.
Illustratori: Sergio Algozzino, Massimo Asaro, Riccardo Bogani, Francesco D'Ippolito, Claudia Forcelloni, Marino Gentile, Maria Claudia e Andrea Greppi, Andrea Goroni, Marco Meloni, Luca Usai.
Inchiostratori: Alessandro Battan, Fabio Bono, Jacopo Brandi, Barbara Di Muzio, Fabrizio De Fabritiis, Daniela Geremia.
Coloristi: Cinzia Antonielli, Fabio Bonechi, Laura Brancati, Ketty Formaggio, Daniela Geremia, Donatella Melchionno, Edwyn Nori, Lorenzo Ortolani, Nicola Pasquetto, Pseudo Fabrica, Micaela Tangorra.
Grafica di Merenguita Gingermouse *e* Super Pao. *Con la collaborazione di* Michela Battaglin.

Da un'idea di Elisabetta Dami.

www.geronimostilton.com

I Edizione 2006

© 2006 - EDIZIONI PIEMME S.p.A.
20145 Milano - Via Tiziano, 32 - info@edizpiemme.it

International rights © ATLANTYCA S.p.A.
Via Leopardi, 8 - 20123 Milan - Italy
www.atlantyca.com - contact: foreignrights@atlantyca.it

Stilton è il nome di un famoso formaggio prodotto in Inghilterra dalla fine del 17° secolo. Il nome Stilton è un marchio registrato. Stilton è il formaggio preferito da Geronimo Stilton. Per maggiori informazioni sul formaggio Stilton visitate il sito www.stiltoncheese.com

Stampa: Mondadori Printing S.p.A. - Stabilimento AGT

Geronimo Stilton

L'Isola del Tesoro

di R.L. Stevenson

L'OSPITE INDESIDERATO

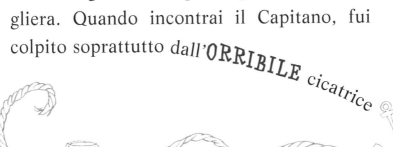

Ricordati, *Jim Hawkins, gatti e marinai portano solo* GUAI!

Così diceva mio nonno, e il giorno in cui vidi arrivare il CAPITANO Bill Bones col suo **pesante** baule di legno non potei fare a meno di ripensare a quelle parole...

Allora ero un giovane inesperto e vivevo all'ADMIRAL BENBOW, la solitaria locanda dei miei genitori, a pochi passi dalla scogliera. Quando incontrai il Capitano, fui colpito soprattutto dall'ORRIBILE cicatrice sulla sua guancia sinistra, e poi dalla sua voce **cavernosa** che disse: – Bene, ecco il posto ideale per calare l'ancora!

A quanto pareva, aveva deciso di FERMARSI alla locanda!

– Penso che queste basteranno a pagarmi un soggiorno senza sorprese... – aggiunse e GETTÒ una manciata di monete d'oro sul tavolo.

Che cosa voleva dire? Di quali sorprese si preoccupava?

Capii che cosa intendeva quando mi prese in disparte: – Senti un po', GIOVANOTTO... ti piacerebbe guadagnare ogni mese quattro monete d'argento senza nessuna fatica?

– Ce-certo signore... – risposi **SPAVENTATO.**

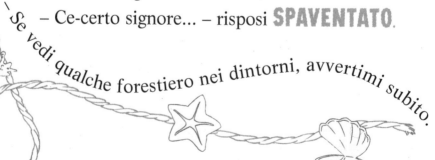

Se vedi qualche forestiero nei dintorni, avvertimi subito.

E stai molto attento al tipo con una zampa sola!

Ecco, adesso sapevo chi sarebbe stato il protagonista dei miei prossimi **INCUBI**: il tipo con una zampa sola!

E così il Capitano si piazzò nella stanza migliore della locanda. Passava un bel po' di tempo a scrutare l'orizzonte con il suo **cannocchiale** da marinaio, con aria preoccupata. E spesso lo sentivo ripetere: – Prima o poi mi troveranno...

La sera si sedeva sempre allo stesso tavolo vicino alla porta, ordinava **CIBO** a volontà e mangiava per dieci.

A quel punto attaccava con una canzone da pirati che ogni volta mi faceva venire i brividi:

– Quindici uomini...

... quindici uomini sulla cassa del mortooo!!!

E se gli altri clienti non si univano a lui, batteva i pugni sul tavolo.

– Per mille filibustieri! – urlava. – Che cosa aspettate a cantare!

In quei momenti era davvero spaventoso. Avrei preferito lavare i piatti per un anno intero, piuttosto che dovermi avvicinare a lui.

Ma non c'era scampo, ogni volta mi chiamava con voce tonante.

– Allora Jim, c'è qualche novità?

– N-niente, signore. Calma piatta – rispondevo tremando.

– Bravo giovanotto! Sempre all'erta! – aggiungeva con aria complice, stringendo gli occhi fino a farli diventare due fessure.

Solo il dottor Livesey, il medico di famiglia che veniva spesso alla locanda e che aveva curato mio padre fino alla sua morte, era in grado di tenere a bada quel losco tipac-

cio: – **Poffarbacco!** Continui a ingozzarsi così e mi mangio la parrucca se non si buscherà un'indigestione da elefante!

Allora (e solo allora!), il Capitano si ritirava nel suo angolino con la coda tra le zampe e l'aria offesa, come se il mondo intero ce l'avesse con lui.

CANE NERO
SI FA VIVO!

In una freddissima e **NEBBIOSISSIMA** mattina d'autunno, un grosso marinaio arrivò alla locanda. Aveva un fazzoletto in testa e un'**enorme** spada al fianco, e aveva un aspetto così spaventoso che il Capitano Bones, in confronto, sembrava un vero *damerino!*

Quando il Capitano lo vide, restò come fulminato. Fisso e immobile come uno stoccafisso!

– Guarda un po' chi si rivede – ringhiò il ratto.

– Il vecchio Bill Bones in ciccia e ossa!

– Che cosa vuoi da me? – sibilò il Capitano.

– Vedo che il tuo carattere non è migliorato! Ma dico, è questo il modo di accogliere il tuo vecchio amico **Cane Nero?**

I due si guardarono storto per qualche istante, poi Cane Nero si girò verso di me: – Ora questo giovanotto ci porterà una doppia porzione di **FORMAGGIO...** E noi due faremo un bel discorsetto, vero Bill?

Schizzai fuori correndo più *VELOCE* di una saetta!

Dopo qualche istante sentii urla, **colpi** e un rumore di tavoli rovesciati. Anche se tremavo di **PAURA**, mi affacciai alla porta dell'entrata e li vidi che lottavano furiosamente.

Alla fine, dopo un paio di tremende zampate,

Cane Nero ne ebbe abbastanza e scappò via.

– Avrai presto mie notizie, Bill Bones! – gridò
mentre si allontanava zoppicando.

Anche il Capitano era piuttosto malconcio. Per
fortuna in quel momento ARRIVÒ
il dottor Livesey.

– A-ha! Proprio come pensavo,
poffarbacco! – disse indicando
il corpo di Bill Bones **afflosciato**
sul pavimento.

– Lo dicevo, io, che questo tipaccio sarebbe
FINITO MALE...

E insieme mettemmo a letto il Capitano.

Il giorno seguente, quando si svegliò, Bones mi
chiamò accanto al suo letto per parlarmi.

CANE NERO SI FA VIVO!

Con la sua voce cavernosa mi disse: – Ascolta, giovanotto... come temevo LORO mi hanno trovato!

– LORO chi? – chiesi, con i baffi che tremavano per la paura.

– Quelli che vorrebbero usare la mia **pelliccia** come strofinaccio per i pavimenti – sussurrò. – Tipacci pronti a tutto pur di impadronirsi del mio segreto... Insomma, i pirati del Capitano Flint!

FLINT! Quel nome esplose come un tuono!

Feci un salto indietro per lo spavento.

– Jim, solo tu puoi aiutarmi! – disse ansiosamente il Capitano. – Tieni gli occhi aperti e avvertimi prima che arrivi

LA
MACCHIA
NERA...

La Macchia Nera??? BRRRRRRRR!!!

Portami subito dal Capitano!

Se c'è una cosa che non sopporto, sono proprio i MISTERI!

Che cos'era adesso questa nuova faccenda della Macchia Nera?

La risposta la ebbi dopo qualche giorno, quando vidi arrivare lungo la strada un tipo lacero e sporco. Sembrava un MENDICANTE, ma nascosti sotto l'ampio mantello con il cappuccio indossava abiti da marinaio.

Fermo davanti alla porta, invece di bussare, picchiò il suo bastone sul pavimento.

– C'è qualche marinaio di buon cuore

che può aiutare questo povero cieco? – disse, toccandosi la benda che gli copriva gli occhi. – Non so neppure dove mi trovo, *povero me!* Impietosito, mi feci avanti.

– Lei è alla locanda Admiral Benbow, signore.

– Oh, che vocina gentile – rispose. – Mi aiuteresti a entrare, mio caro?

Io gli porsi il braccio, in modo che potesse appoggiarsi, ma lui lo afferrò con dita d'acciaio e strinse così forte da farmi male.

– Ahi-ahi, ohi-ohi, uhi-uhi! – gridai per il dolore.

Il cieco mi *ringhiò* nell'orecchio: – Portami subito dal Capitano!

Non potevo fare altro che obbedire, così lo guidai su per le scale, fino al piano di sopra.

Il Capitano era ancora a letto, debole e malconcio. Appena ci vide entrare nella stanza, balzò a sedere sul letto balbettando.

– M-ma c-che cosa succede...?

– Tranquillo, Bill – sibilò il cieco.

Gli afferrò saldamente il polso e gli infilò a forza qualcosa nella zampa.

– Questa è la tua Macchia Nera – disse con un ghigno **MALVAGIO**.

Il Capitano, paralizzato dal terrore, non si accorse neppure che il cieco si era allontanato, aiutandosi con il solito bastone.

Anch'io ero **spaventato** e non potei fare a meno di chiedergli subito: – Ma che cos'è questa Macchia Nera?

– È un'antica tradizione dei pirati – rispose fissando il vuoto, con una voce da **OLTRETOMBA**.

– Un pezzo di carta dov'è scritto il destino di chi la riceve. La sua condanna. La sua fine... E io ormai ho le ore contate.

Presi il foglio con le zampe che tremavano.

'Hai tempo fino alle dieci di stasera!', lessi.
Invece della firma c'era una semplice macchia di
INCHIOSTRO nero.

– E adesso? – domandai.

Non ebbi mai una risposta. Il Capitano scattò in
piedi, ma dopo un passo si arrestò in mezzo alla
stanza, immobile come una STATUA di sale.
L'emozione era stata grande... troppo grande per
lui! Rimase qualche secondo con lo sguardo
fisso nel vuoto, poi barcollò e *cadde a terra senza vita.*

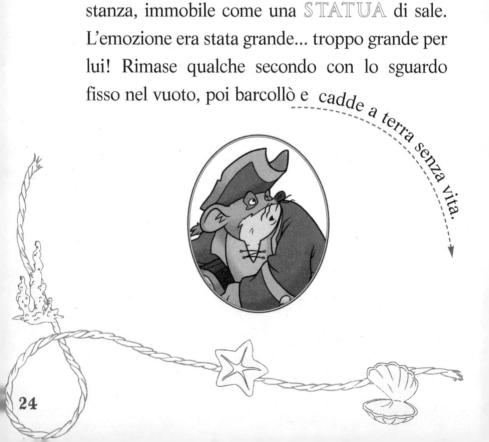

IL BAULE
DEL CAPITANO

lla locanda era rimasta ancora tutta la roba del Capitano.

Sul letto era posato un berretto di lana per la **notte** (poco interessante).

Appesa all'attaccapanni c'era una vecchia giacca da marinaio tutta consumata (un po' più interessante).

Sul comodino era posato il cannocchiale di ottone (molto interessante)!

In un angolo della stanza c'era il suo vecchio e misterioso baule (interessantissimo!).

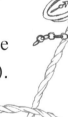

CONFUSO e SPAVENTATO, chiamai
subito mia madre: – Mamma, vieni SU, presto!
Il Capitano è MORTO!!!

Mia madre salì di corsa, io non persi tempo e
le raccontai tutto quello che era successo.

Mia madre mi ascoltò, poi *accarezzandomi*
la testa disse: – Calmati Jim. Ormai è tutto
finito, che altro può mai accadere?

– Che un branco di pirati metta a ferro e fuoco
la locanda! – GRIDAI con tutto il fiato che
avevo in corpo.

Mia madre annuì convinta e disse: – Hai ragione! Dobbiamo *CORRERE* al villaggio e
chiedere aiuto!

Prendemmo una LANTERNA e ci mettemmo
subito in cammino.

Appena arrivati in paese, fermammo un tipo
che passava per la strada.

– Per carità, signore, ci aiuti. I pirati stanno per attaccare la nostra locanda!

– Pirati? – disse lui allontanandosi in **FRETTA**.

– Mi dispiace, ma stasera ho un impegno!

Provammo con un altro signore: – Siamo in **PERICOLO!** Ci sono i pirati!

– Pirati? Vorrei esservi utile, ma ho a CENA il cugino dello zio di mio nonno.

Anche l'ultimo tentativo fu un **fallimento**.

– Pirati? Perbacco, non c'è un minuto da perdere: corro a fare testamento!

Era chiaro che nessuno voleva aiutarci!

Fu in quel momento che mia madre tirò fuori la sua virtù più grande: il coraggio!

– Ebbene, se nessuno vuole aiutarci, torneremo all'ADMIRAL BENBOW da **SOLI**. Così, prima che arrivino i PIRATI, potremo almeno prenderci quello che ci spetta. Il Capitano doveva ancora pagare il conto dell'ultimo mese!

Tornammo alla locanda e salimmo subito nella stanza di Bones.

Il corpo del Capitano era ancora lì.

Ogni volta che i miei occhi si posavano su di lui, un **brivido** ghiacciato mi correva lungo la schiena. In più c'era un problema: come avremmo fatto ad aprire il baule, visto che era chiuso da un **enorme lucchetto** arrugginito?

Cominciai a frugare dappertutto, in cerca della chiave.

Guardai persino nel berretto da notte. **NIENTE!**

Infilai una mano nelle tasche della giacca.

NIENTE DI NIENTE!

Poi, vincendo la paura, mi avvicinai al corpo di Bones e aprii la camicia.

ECCOLA!

Al collo del pirata c'era una cordicella con una chiave appesa.

Aprimmo il baule con cautela e una zaffata nauseabonda arrivò ai nostri nasi.

Era un odore molto pungente.

Tappandoci il naso, cominciammo a tirar fuori gli oggetti dal baule.

Trovammo nell'ordine:

1 - due vestiti antiquati, ma quasi nuovi;

2 - una conchiglia di Siviglia;

3 - una scodella di latta;

4 - un orologio spagnolo e quattro bussole rotte (ognuna indicava un punto cardinale diverso!).

Sembrava proprio che là dentro non ci fosse nulla di **interessante**...

Ma quanto mi sbagliavo: *il meglio doveva ancora arrivare!*

LA LUNGA NOTTE
DEI PIRATI

Credevo che il **segreto** del Capitano fosse chiuso qui, nel baule. Invece niente!

– Credi che riusciremo mai a scoprirlo? – chiesi.

– Non lo so, Jim. Per ora accontentiamoci di questo – rispose mia madre, tirando fuori un sacchetto RIGONFIO.

Lo aprì, lo rovesciò sul pavimento e...

Monete! Una cascata di monete!

Un celestiale e armonioso tintinnìo risuonò nella stanza.

Ghinee d'argento, DLING!
Monete d'oro, DLENG!
Dobloni, DLONG!
Insomma, un concerto in piena regola!
– Prenderò soltanto quello che il Capitano mi doveva per il suo soggiorno alla LOCANDA.

Sono una persona onesta io!

disse mia madre, e si mise a contare i soldi con tutta calma. Io però ero sempre più inquieto.

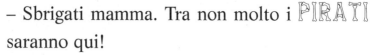

– Sbrigati mamma. Tra non molto i PIRATI saranno qui!

– Abbi pazienza, Jim: non è facile fare i conti con tutte queste monete così diverse – rispose lei.

Rovesciò i soldi per terra:

tin... tin... tin...

Sarà stata la PAURA, saranno stati i terribili avvenimenti di quei giorni, fatto sta che continuai a sentire quel tintinnìo anche quando le monete si fermarono sul pavimento.

tin... tin... tin...

Anzi, sembrava quasi che il tintinnìo si fosse trasformato in qualcosa di diverso...

TIC... TIC... TIC... TIC...

Un ticchettìo! Il ticchettìo di un bastone sulla strada lastricata.

La PELLICCIA mi si drizzò sul collo per la paura! Era davvero un bastone! Il bastone del cieco! Balbettai afferrando un braccio della mamma:

- I PIRATI SONO G-GIÀ QUI!

Restammo immobili per un istante. Poi, nel silenzio, sentii una specie di TONFO che piano piano si faceva sempre più forte.

Tu-Tum, Tu-Tum, Tu-Tum, Tu-Tum

Era il mio cuore che batteva all'impazzata!

– Facciamo presto, mamma! – sussurrai cercando di TRASCINARLA via.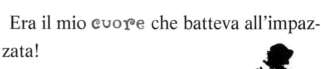

– Ho quasi finito, Jim – rispose lei intascando le ultime monete.

Ormai potevamo sentire le voci dei pirati...

– **Che buoni a nulla!** Che cosa aspettate a buttare giù la porta? – urlava il cieco.

– Calmati, Pew! Tanto non ci scappano!

'Dunque il cieco si chiama Pew', pensai. Proprio in quell'istante la mia attenzione fu attirata da un pacchetto avvolto in una tela cerata, seminascosto in fondo al baule del Capitano Bones.

Non saprei dire perché, ma capii immediatamente di aver trovato ciò che i pirati cercavano con tanta ostinazione.

Sì, nel pacchetto doveva esserci il segreto del
Capitano, l'oggetto misterioso che lui custodi-
va con così tanta cura.

Senza pensarci due volte, AFFERRAI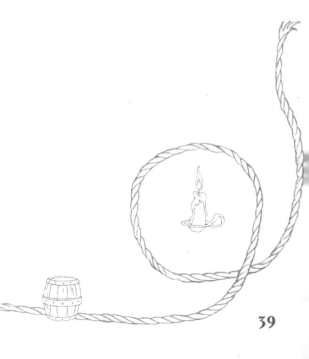
il fagotto e scavalcai il davanzale:
mia madre mi seguì al volo.

Siamo salvi!

tterrammo su un SOFFICE mucchio di foglie sotto la finestra. Balzai subito in piedi per aiutare mia madre ad alzarsi.

– E adesso? – sussurrò lei.

– Adesso aspettiamo qui che entrino e, appena siamo sicuri che non possano vederci, ce la filiamo – risposi io con un altro sussurro.

Dall'altra parte della locanda arrivavano le URLA terribili di Pew.

– La porta è spalancata! Che cosa significa?

– Significa che qui non c'è anima viva! – rispose un pirata.

– **Questa non ci voleva!** – si infuriò il cieco. – Salite al piano di sopra e frugate dappertutto!

– Agli ordini, capo! – risposero in coro gli altri PIRATI. Sentimmo i loro passi precipitarsi su *per le scale.*

'Se le facce assomigliano alle voci, non ho proprio voglia di incontrarli!' pensai.

All'interno, i pirati stavano mettendo *sottosopra* la locanda.

– Bill Bones è sparito, capo! – gridò una voce.

– **Non me ne importa nulla di Bill!** A me interessa il baule. Trovatelo e rivoltatelo come un calzino! – rispose Pew.

Un pirata, così brutto e scheletrico che avrebbe spaventato anche un FANTASMA, si sporse dalla finestra del piano superiore, e noi ci

appiattimmo contro il muro della locanda.

– Il baule è più vuoto di una zucca vuota! Della mappa non c'è nemmeno l'ombra!

– È stato il RAGAZZO DELLA LOCANDA! L'ha presa lui, ne sono sicuro! – ululò Pew agitando il suo bastone verso il cielo.

– Che facciamo, capo? – chiese un altro PIRATA.

– Non possono essere lontani. Cercateli dappertutto!

A quelle parole le nostre zampe si misero a correre da sole.

Dopo qualche minuto, però, mia madre era **sfinita**.

– Non ce la faccio più, Jim – sussurrò a fatica.

– Prosegui da solo! Mettiti in salvo!

– Non dirlo neanche per **scherzo**, mamma! – la rimproverai.

Siamo salvi!

Per fortuna, poco lontano c'era un vecchio ponte. Ci nascondemmo lì **SOTTO** per riprendere fiato, rimanendo in silenzio.

– Non possono essere scomparsi! Tutti fuori, **cerchiamoli!** – gridò Pew.

La sua voce era più vicina, sempre più vicina... i pirati ormai erano a pochi metri dal ponte... Sentimmo i loro passi pesanti e il **TIC TIC** del bastone proprio sulle nostre teste.

Trattenemmo il fiato stringendoci l'uno all'altra. Poi, all'improvviso...

TARA-TA- TATARATAAAAAAAA!

Il suono di una **TROMBA** squarciò il silenzio della notte!

'Siamo salvi!' pensai, sporgendomi con prudenza per osservare la strada.

Un drappello di soldati a cavallo SCENDEVA dalle colline all'inseguimento dei pirati che, colti di sorpresa, *FUGGIRONO* in ogni direzione.

Solo Pew, il cieco, rimase immobile in mezzo alla strada.

– Ehi, che cosa succede? Dove siete finiti?

Tastava il **TERRENO** con il bastone, cercando invano un posto per nascondersi, ma ormai era troppo tardi.

LA FINE DI PEW

Per la prima volta nella sua vita, Pew fu preso dal **panico**.

– Fermatevi! – gridò, mentre i cavalli gli passavano accanto a folle velocità.

Un cavallo lo urtò, facendolo volare dieci metri più in là.

– Ahi-ahi! Ohi-ohi! Uhi-uhi! Che DOLORE! – gemette, cercando di rialzarsi.

Proprio in quel momento, però, veloce come un fulmine, arrivò al galoppo un altro cavallo.

Il PIRATA fece un altro balzo di venti metri e questa volta non si rialzò più.

Tutto era finito.

Potevamo finalmente uscire dal nostro nascondiglio.

Uno dei soldati ci venne incontro. Era il COMANDANTE Dance.

– Tutto bene? – domandò con gentilezza.

– Benissimo, direi! Senza di voi avremmo fatto una brutta fine! – lo ringraziò la mamma.

Il comandante ci riaccompagnò alla locanda e una volta là...

cHE DISASTRO!

Sembrava che un uragano fosse passato in tutte le stanze.

– Dimmi Jim... che cosa cercavano quei farabutti? – mi domandò Dance.

– Questo! – e tirai fuori dalla tasca il pacchetto di tela cerata. – Credo che si tratti di una **MAPPA** – conclusi, ricordando le parole dei pirati.

– Mmm... sarebbe meglio metterla al sicuro. E anche voi due avete bisogno di un RIFUGIO, non potete restare qui. È troppo pericoloso – osservò il comandante. – Conoscete qualcuno che possa ospitarvi?

– Al villaggio abbiamo degli amici! E per quello che riguarda la mappa, sono sicuro che il dottor Livesey saprà che cosa fare. – risposi senza esitazione.

Il comandante Dance approvò. Decidemmo che mia madre avrebbe dormito in paese, mentre noi avremmo raggiunto casa Livesey.

Una volta lì, scoprimmo che il dottore era andato a trovare il Conte Trelawney. Era un ricco e anziano *gentiluomo*, dall'animo nobile, nonostante l'aspetto austero dato dall'abbigliamento e il portamento **aristocratico**.

Il Conte e il dottore ci accolsero con grande cortesia. Seduti davanti al caminetto, stavano rosicchiando formaggio stagionato.

– **Poffarbacco**, Jim! Che cosa ci fai qui? – esclamò il dottore, quando mi vide entrare in compagnia di Dance.

Poi, rivolgendosi al Conte, aggiunse:

– **Caro** Conte, le presento Jim Hawkins, un ragazzo veramente in gamba!

– È un vero **PiaCERE** conoscerti, Jim! – mi disse Trelawney con un sorriso.

Dopo le presentazioni, raccontai gli avvenimenti di quella terribile notte.

Ascoltarono tutti e due con grande attenzione, lasciandosi sfuggire un *'Ooooohhhhh!'*

di **STUPORE** ogni tanto, o gridando 'Ben fatto!'. Terminato il racconto, Dance se ne tornò in paese. Io, invece, fui invitato a cenare e poi a dormire in casa del DOTTORE.

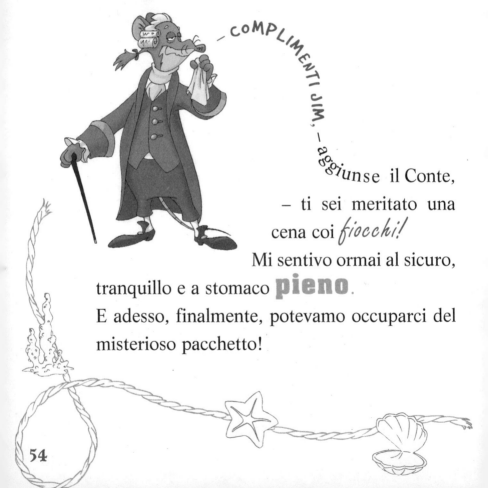

– COMPLIMENTI JIM, – aggiunse il Conte,

– ti sei meritato una cena coi *fiocchi!*

Mi sentivo ormai al sicuro, tranquillo e a stomaco **pieno**.

E adesso, finalmente, potevamo occuparci del misterioso pacchetto!

LA MAPPA
DEL TESORO!

Devo ammetterlo, non stavo più nella pelliccia dalla curiosità! Il segreto del Capitano era sul punto di essere svelato!

Presi il pacchetto dalla tasca e lo diedi al dottor Livesey.

– La tela che lo avvolge è stata cucita a punti fitti – osservò il dottore. – Dovrò usare le mie forbici da chirurgo.

Quando riuscimmo ad aprire il pacchetto, trovammo un piccolo quaderno e una pergamena.

Come prima cosa esaminammo attentamente il quaderno.

– Le pagine sono piene di numeri e di nomi – disse il dottore.

Il *Conte* osservò: – Si direbbe un registro dei conti. Questi sono nomi di navi e i numeri indicano le somme di DENARO ricevute dal Capitano.

– Non ci capisco nulla! – ammise il dottore.

– È semplicissimo – intervenne il Conte con la sua aria da vecchio saggio. – Bill Bones ha registrato su questo quaderno tutta una vita di PIRATERIA: trent'anni trascorsi al fianco del famigerato Capitano Flint.

Per poco al dottore non venne un colpo

– Poffarbacco! Il Capitano Flint!

– Certo dottore, proprio lui. Il pirata più pirata che sia mai esistito! Il TERRORE dei sette mari e mezzo! – esclamò il Conte, sottolineando le sue parole con ampi gesti delle zampe.

Ci guardammo negli occhi per qualche istante, poi Livesey aprì la pergamena ripiegata.

Davanti ai nostri occhi stupefatti apparve lei: la magnifica, affascinante, **misteriosa**...

Isola del Tesoro!!

– Che **strana** forma – osservò il Conte incuriosito – sembra un drago rampante.

Al centro dell'isola, spiccava un'enorme collina chiamata il **CANNOCCHIALE**.

– E quelle, che cosa sono? – chiesi, indicando tre crocette tracciate con l'inchiostro rosso.

– Queste, caro Jim, sono la soluzione del mistero! – disse il dottore. Poi indicò una solitaria ✖ nella parte centrale dell'isola e aggiunse: – Ora osserva meglio questo segno. Per tutte le anguille delle Antille! Accanto alla ✖ c'era una scritta:

Qui c'è il tesoro!

Il Conte era fuori di sé dalla **gioia**: – Oh, gaudio! Oh, gioia! Oh, felicità! – si mise a gridare, **agitatissimo**. – Questa è l'occasione della nostra vita!

Il dottore e io ci guardammo un po' perplessi.

– Per prima cosa comprerò la nave più bella e **VELOCE** che abbiate mai visto – disse, misurando la stanza a passi lunghi e decisi.

– Poi partiremo alla volta dell'isola! Il tesoro del Capitano Flint ci aspetta!

Si fermò di colpo, si mise una zampa sul petto e annunciò: – Io sarò l'ammiraglio e voi due

sarete il mio fantastico **EQUIPAGGIO**! Naturalmente fu deciso che il dottor Livesey sarebbe stato il medico di bordo. Quanto a me,

da quel momento diventai il mozzo Jim Hawkins!

Long John Silver

Trascorsero diverse settimane, ma alla fine il gran giorno arrivò! I preparativi e l'attesa erano stati lunghissimi. Ora, però, avevo la tanto attesa lettera del Conte, indirizzata al dottor Livesey, che diceva così:

Caro dottore,
ho finalmente trovato la nave. Si chiama Hispaniola. È la regina delle navi e l'equipaggio è di prim'ordine. In particolare sono molto soddisfatto del cuoco: un tipo in gamba (anche se ha solo tre zampe!) che si chiama Long John Silver. Raggiungetemi il prima possibile a Bristol, alla 'Vecchia Ancora'. Non sto più nella pelliccia dalla voglia di partire.
Il vostro John Trelawney

Convincere mia madre non fu affatto facile, ma alla fine accettò di stabilirsi in paese fino al mio ritorno.

Ero tranquillo perché lì sarebbe stata al *sicuro*.

Raggiunsi Bristol insieme a Redruth, il vecchio custode della tenuta del Conte: il viaggio mi sembrò interminabile, perché non vedevo l'ora di salpare!

Trelawney mi accolse facendomi delle grandi FESTE e mi disse che il dottore era già arrivato la sera precedente.

– Quando si parte? – gli chiesi subito come prima cosa.

– Quanta impazienza, ragazzo mio! – rispose allegramente il Conte. – Ma temo che dovrai aspettare fino a domani. Nel frattempo, però, potresti farmi un piccolo servizio – conti-

nuò e mi porse un biglietto. – Porta questo messaggio al ⎓⎓⎓⎓ di bordo, Long John Silver. Anche se non conosci bene la città, lo troverai facilmente: gestisce una **LOCANDA** molto conosciuta qui a Bristol. Si chiama 'ALL'INSEGNA DEL CANNOCCHIALE'.

Trovai il posto vicino al porto di Bristol senza grandi difficoltà, anche perché era impossibile non notare l'enorme insegna a forma di cannocchiale esposta sulla strada. Si trattava di una tipica locanda da marinai, come ce ne sono in ogni porto, e appena entrato individuai Silver a colpo sicuro.

Era un topo alto e molto **ROBUSTO**, con una zampa di legno.

Era dietro al bancone e serviva da bere ad alcuni marinai. Sulla sua spalla stava appollaiato un pappagallo.

– È lei il signor Silver? – chiesi timidamente. Quel tipo grande e grosso mi metteva un po' in soggezione.

– Per mille pappafichi fiacchi! Craaa...! È proprio lui, Long John Silver! – gracchiò il pappagallo sulla sua spalla.

– Chiudi il becco, pennuto IMPICCIONE! Uno di questi giorni userò quelle tue piume come imbottitura per il mio cuscino! Mi scuso a nome del mio insopportabile pappagallo! Si chiama Capitano Flint e non riesce a tenere a freno la lingua – aggiunse Silver con un gran sorriso.

Quando vide il biglietto che gli porgevo, diventò ancora più allegro: – Ma sì, tu devi essere il nuovo mozzo dell'*Hispaniola*! Qua la zampa, giovanotto!

Mentre me la stritolava, un cliente del bar si

alzò di scatto e, rapidissimo, uscì dall'osteria.

Ma io avevo fatto in tempo a riconoscerlo!

– Fermatelo! – gridai, mentre un brivido gelido mi scendeva giù per la schiena. – Quello è il pirata **Cane Nero!**

Silver chiamò *IMMEDIATAMENTE* uno dei suoi e gli ordinò di acciuffare il pirata.

Purtroppo, però, l'inseguimento non ebbe successo. Cane Nero sembrava **SCOMPARSO!**

Silver e io non potemmo fare altro che lasciare la locanda e incamminarci insieme verso l'albergo del Conte.

Lungo la strada pensai e ripensai a Cane Nero: la sua ricomparsa mi aveva messo di **PESSIMO** umore, facendomi ricordare il Capitano Bones e il suo grande terrore di essere scoperto dai pirati.

E a un tratto, osservando con più attenzione Long John Silver che mi camminava accanto, un **terribile** sospetto cominciò a ronzarmi per la testa: 'E SE FOSSE LUI IL FAMOSO TIPO CON UNA ZAMPA SOLA?'

Un incontro difficile

Appena raggiungemmo l'*Hispaniola*, i miei **BRUTTI** pensieri svanirono di colpo.

che meraviglia! Mi sembrava la nave più bella che fosse mai stata costruita. L'altissimo albero maestro e le due file di cannoni sulle fiancate le davano un aspetto davvero **imponente**.

Salii a bordo, mentre Silver si tratteneva sulla banchina.

– Oh, eccoti! – mi salutò il Conte, che stava dando gli ultimi ordini a Joyce e Hunter, i suoi servitori. Poi mi invitò a scendere sotto-coperta: – **Vieni!** Il dottor Livesey non vede l'ora di salutarti.

Avevamo appena finito con le **strette** di mano e gli abbracci, quando un marinaio ci disse che il Capitano Smollett chiedeva di essere ricevuto.

Dalla reazione del Conte Trelawney, capii che fra lui e il Capitano non correva buon sangue.

– Che cosa vorrà adesso? – **bofonchiò** piuttosto infastidito. Poi, a voce alta, aggiunse: – Va bene, fatelo entrare.

Il Capitano era un topo tutto d'un pezzo, di quelli che dicono sempre ciò che pensano, anche a costo di risultare **ANTIPATICI.**

– Dunque Capitano... che cosa posso fare per lei? – fu la fredda accoglienza del Conte.

Il Capitano non fece una piega e annunciò:
– Signori, a me non piacciono i **misteri**.
'A-ha! Allora non sono l'unico' pensai.
Il Conte lo interruppe: – Mi scusi, ma che cosa
intende, di grazia?
– È semplice. Ho sentito dire che lo scopo di
questo viaggio è il recupero di un TESORO – riprese.

– E sembra che io sia l'unico a non saperne
proprio niente!
Poi aggiunse: – Inoltre, devo farle presente che
non mi piacciono né l' **equipaggio** né il
Capitano in seconda...
A quanto pareva, il Capitano Smollett
era un tipo dai *gusti difficili!*

– La nave almeno è di suo gradimento? – intervenne Trelawney, **seccato**.

– Vi darò una risposta non appena salperemo! – rispose Smollett con una calma davvero esasperante.

A quel punto intervenne il dottor Livesey: – Non potrebbe essere più chiaro, Capitano? Per caso ha **PAURA** di un ammutinamento? Una rivolta dell'equipaggio! Sull'*Hispaniola*? Alla sola idea mi tremavano le zampe.

Il Capitano rispose in maniera **tranquilla**: – Questo non posso saperlo... ma se fossi in lei, farei spostare il carico di armi e cibo qui a poppa, proprio sotto la vostra cabina.

Appena il Capitano fu uscito, il Conte esplose: – Ma chi si crede di essere? Non lo sopporto proprio

– Lei ha ragione, *Conte* – disse il dottore – ma credo che faremmo meglio a seguire il suo consiglio!

– E va bene – si arrese il Conte – ma io continuo a pensare che *il Capitano non valga un BAFFO di Long John Silver!*

FINALMENTE
SI SALPA!

Mentre uscivo dalla cabina del Conte, vidi Long John Silver che saltava a bordo, AGILE come se avesse tutte e due le zampe. Usava la sua stampella con grande abilità.

'MEGLIO DI UNA ZAMPA VERA' PENSAI.

Mentre me ne stavo lì fermo accanto al boccaporto di prua, sentii una voce alle mie spalle:
– Allora, MOZZO Hawkins, si batte la fiacca?
Mi girai e vidi il Capitano Smollett che mi fissava con aria SEVERA.

– Non ci sono **PRIVILEGIATI** sulla mia nave. E soprattutto, niente SCANSAFATICHE!

Cercai di giustificarmi: – Ce-certo, Capitano, ma io...

Non mi lasciò il tempo di terminare:

Silenzio! Mettiti agli ordini del cuoco Silver e renditi utile!

Che caratteraccio! Quel Capitano era proprio **INSOPPORTABILE!**

In ogni caso, non mi restava che obbedire.

Scesi sottocoperta e raggiunsi Long John Silver nelle cucine. Entrai, e mi arrivò al naso una puzza di cipolla fritta col formaggio. Era evidente che il rancio non doveva essere granché, sull'*Hispaniola*...

Long John, seduto a pelare patate, mi accolse

con la solita **allegria**: – Ehilà! Mozzo
Hawkins a rapporto!
Anche il pappagallo appollaiato sulla sua
spalla si accorse del mio arrivo.

– Craaa... All'arrembaggio! Per mille pappafichi fiacchi! Craaa... Chi osa entrare nel
regno del Capitano Flint? – gracchiò, agitando le ali.

– Taci, chiacchierone! – tentò di zittirlo Silver.

– È così che ricevi gli ospiti?

– Craaa... Per tutte le gallette salate! – fu la
risposta del Capitano Flint.

Informai subito Long John che, per ordine del
Capitano, ero sceso in cucina per mettermi al
suo servizio.

– Vuoi davvero renderti utile, GIOVANOTTO? –
disse, guardandomi con un'espressione ironi-
ca. – Allora sali sul ponte di comando e goditi
la partenza... e questo è un ordine!

Feci come mi aveva detto e non me ne pentii.

CHE SPETTACOLO INDIMENTICABILE!

Appoggiato al fianco della nave, vedevo le enormi vele dell'*Hispaniola* gonfie di vento, che si tendevano come palloni. La terraferma cominciò ad a l l o n t a n a r s i, prima piano piano, poi sempre più in fretta, e dopo pochi istanti le case non furono altro che puntini colorati.

Chiusi gli occhi e respirai a pieni polmoni l'aria FRIZZANTE che mi scompigliava la pelliccia.

Il mio primo viaggio per mare era finalmente cominciato!

PATATE, PATATE
E ANCORA PATATE!

Ho pelato più patate durante quel viaggio che in tutto il resto della mia vita.

Che razza di compito mi aveva assegnato il cuoco Silver!

In fondo in fondo, però, quel lavoro non mi dispiaceva. Long John sapeva raccontare *meravigliose* storie di pirati, di tempeste e naufragi, e io lo ascoltavo a bocca aperta.

– Ricordo l'abbordaggio al *Viceré delle Indie* come se fosse ieri! – incominciava con voce

sognante, mentre levava la buccia alle patate.

– Che battaglia! Sento ancora il **BOATO** assordante dei cannoni e le grida dei PIRATI.

– Ritirata! Craaa... Indietro tutta! – interveniva il Capitano Flint, sbattendo le ali.

A quel punto Silver perdeva sempre la pazienza e cominciava a gridare: – Zitto uccellaccio! Nessuno ha chiesto il tuo parere!

Poi sottovoce, per non farsi sentire dal pappagallo, aggiungeva: – Vedi Jim, qualche volta il Capitano Flint è un po' troppo... CHIACCHIERONE!

– Craaa... Ritirata... Craaa... Ritirata!

Ogni volta la stessa storia. Il Capitano Flint riusciva sempre a far perdere la pazienza a Long John.

Dopo aver sentito per l'ennesima volta la parola 'ritirata', il cuoco cominciava a inseguirlo per tutta la nave con un **ENORME** mestolo in pugno.

– Se ti prendo, questa sera mangeremo stufato di PAPPAGALLo!

Nei momenti di libertà (pochissimi!), salivo sul ponte e mi godevo il viaggio. Il mare sembrava un'enorme distesa d'olio. L'*Hispaniola* filava sull'acqua calma e liscia come un pinguino che scivola sul ghiaccio. Il cielo era azzurro e limpido.

'Niente potrà rovinarmi il viaggio' pensavo, osservando gli altri marinai impegnati nei lavori di pulizia del ponte. 'Neanche quel dispettoso di Anderson, che si diverte a farmi lo

SGAMBETTO

quando porto la pila di piatti nella cabina del Conte!'

Ma ancora una volta mi sbagliavo: i dispetti non erano certo il problema più *grave*.

STAVO FACENDO I CONTI SENZA L'OSTE, ANZI SENZA IL BARILE DI MELE!

Ammutinamento!

Una mela al giorno leva il medico di torno!

E in più salva la nave dall'**ammutinamento...** Non ci credete? E allora state a sentire.

Eravamo in viaggio da oltre un mese quando, come ogni sera prima di andare a letto, salii sul ponte per **RiNFREScARMi** un po'. Era una notte di luna piena, come se ne vedono poche. Non c'era un alito di vento e il mare era liscio e IMMOBILE.

A un tratto sentii uno strano rumore.

Brrrruuurgrrrrrruuum!

Che cos'era? Il cielo appariva *sereno* e senza nuvole. Non poteva trattarsi di una tempesta in arrivo.

Ma certo, era il mio stomaco che reclamava uno spuntino prima del meritato riposo!

Mentre pensavo a come riempirlo, andai a urtare contro qualcosa.

TONK!

Con una zampa dolorante, riconobbi il pesante barile di *mele* che il Conte aveva messo a disposizione della ciurma.

Una mela! Ecco quello che ci voleva!

Senza preoccuparmi troppo della buona educazione, mi calai nel barile quasi vuoto e scelsi una bella mela succosa. E poi un'altra, e un'altra ancora...

Brrrruuurgrrrrrruuum!

Ammutinamento!

Di nuovo quel rumore! Stavolta riconobbi subito la voce del mio stomaco.

A quanto pareva, mi stava ringraziando.

Finito di mangiare, le mie palpebre cominciarono a farsi pesanti. Il lento movimento della nave e il mormorìo del mare mi diedero il colpo di grazia, e in un batter d'occhio

Avrei potuto restarmene là per tutta la notte se un colpo secco contro la parete del barile non mi avesse svegliato di SOPRASSALTo! Stavo quasi per saltare fuori e dire due paroline al maleducato che mi aveva strappato dal mondo dei sogni, ma per fortuna non lo feci, perché le parole che sentii mi gelarono il sangue.

mi addormentai.

La voce era quella di Silver, fredda e TAGLIENTE.

– Vi ricordate che avventure con il Capitano Flint?! E quando ho perso la zampa?

– Flint sì che era un grande PIRATA! – disse un'altra voce. – Le nostre navi erano sempre cariche d'**ORO**!

– E presto lo sarà anche questa! – riprese Silver. – Siamo o non siamo i pirati di Flint?!

– Certo che lo siamo! – fu la risposta.

– E a parte il vecchio Pew, siamo tutti qui a bordo dell'*Hispaniola*!

Esplose un coro di risate che mi fece **RABBRIVIDIRE**.

– HA! HA! HO! HO! HA! HA! HU! HU!

Poi Silver riprese a parlare: – Sapete che cosa vi dico? Se il tesoro di Flint è ancora su quell'isola... beh, vi garantisco che sarà nostro!

Raccolsi tutto il mio **CORAGGIO** e sbirciai oltre il bordo del barile. Vicinissimo a me c'era Dick,

un giovane marinaio: – Ma il Conte e il dottore non saranno d'accordo!

Di nuovo quelle **AGGHIACCIANTI** risate.

- HA! HA! HO! HO! HA! HA! HO! HO!

Un vecchio marinaio, che portava un grosso anello d'oro a un orecchio, si alzò in piedi e

guardò Dick con aria **FEROCE!**

– Non ti preoccupare, ragazzo... Il Conte e il Capitano non sono certo un problema. E se non saranno d'accordo...

... diventeranno cibo per i pescecani! – ringhiò.

Non c'erano più dubbi! Stavano preparando un ammutinamento!

Ero **TERRORIZZATO** e, mentre pensavo a come uscire da lì, a qualcuno venne fame.

– Ho voglia di una mela – disse Dick, infilando una mano nel **BARILE** e sfiorandomi la punta delle orecchie.

– Lascia perdere quella *roba*! – replicò Silver.

– Ho io qualcosa di speciale per l'occasione. Un intero formaggio *stravecchio*, roba da leccarsi i baffi!

La mano si ritrasse.

L'AVEVO SCAMPATA BELLA...

... PER ORA!

TERRAAA!!!

iete mai rimasti dentro un barile di mele per ore e ore, **IMMOBILI?**

Beh, dopo un po' si sta davvero scomodi.

Avrei voluto sgusciare fuori e correre ad avvertire il dottor Livesey del **PERICOLO**.

Ma dovetti restare là fino alla fine di quella **terribile** riunione.

– Non tutti i topi della nave vogliono ribellarsi – sussurrò Israel all'orecchio di Silver.

¡ CHE SOLLIEVO! Allora il Capitano poteva ancora contare sulla fedeltà di alcuni marinai.

– Non importa, siamo la maggioranza! – rispose Silver.

Oh, no! Questo sì che era un guaio! I PIRATI festeggiarono la decisione di ammutinarsi ingozzandosi di cibo, finché, nella luce grigia dell'alba, la vedetta gridò:

– TERRAAA!!!

In un baleno il ponte della nave si riempì di marinai.

– TERRAAA!!! – ripetevano tutti, correndo qua e là e indicando un punto lontano.

Dopo i primi istanti di confusione, tutti si riunirono a prua per scrutare l'orizzonte. Senza farmi vedere, scivolai fuori dal barile e mi unii a loro, in attesa del momento giusto per raccontare a qualcuno quanto avevo SCOPER

TERRAAA!!!

Lentamente vidi emergere dalla nebbia tre colline dalle vette AGUZZE. L'avevo vista soltanto disegnata sulla **MAPPA**, eppure la riconobbi subito: era lei, l'Isola del Tesoro!
Il Capitano Smollett chiese: – Qualcuno è mai
stato su quell'isola?

– IO SIGNORE – rispose prontamente Silver,

avanzando di qualche passo. – Tanto tempo
fa ho fatto rifornimento d'acqua per
una nave su cui servivo come CUOCO.
– Allora conoscerai il suo nome – domandò il
Capitano.
– Stiamo **approdando** a Skeleton
Island, l'isola dello scheletro! –
continuò Silver. – Un tempo era
un vero covo di pirati!
Le parole di Long John mi fecero

sussultare, ma per fortuna riuscii a controllarmi: se Silver si fosse accorto che conoscevo il suo SEGRETO, mi avrebbe sicuramente passato al TRITACARNE!

Smollett allungò a Long John una pergamena ripiegata: – Controlla la **MAPPA** e dimmi dov'è meglio sbarcare.

Silver prese la mappa e la sbirciò con OCCHI che ardevano come due tizzoni accesi.

– Questa è solo una copia dell'originale... sottolineò il Capitano Smollett. – Mancano diversi particolari

IMPORTANTI!

TERRAAA!!!

E il fuoco negli occhi di Silver si spense all'istante. Long John era deluso, ma riuscì a nasconderlo bene. Controllò la mappa per un breve istante e poi puntò il dito su una piccola insenatura.

– Ecco, se la memoria non mi inganna... questo dovrebbe essere un buon posto per fermarci.

SETTE CONTRO DICIANNOVE

N on vedo l'ora di sbarcare! – disse Silver, mettendomi una zampa sulle spalle. Brrrrrrrrr. Un lungo brivido mi corse dal collo alla coda.

– In questo momento vorrei essere un RAGAZZO come te, caro Jim – continuò lui, guardando l'isola con aria *sognante*. – Vorrei tanto arrampicarmi sugli alberi, tuffarmi nelle fresche acque della sorgente e camminare sulla sabbia soffice della spiaggia.

Io volevo liberarmi di lui per **CORRERE** dal dottor Livesey e raccontargli tutto.

Quando Silver mi congedò con una **PACCA** amichevole sulla spalla, mi guardai attorno in cerca di un muso amico.

Che coincidenza! Proprio in quel momento il *dottor Livesey* mi stava chiamando dalla prua della nave. Voleva che andassi a prendergli qualcosa sottocoperta, dove c'erano gli alloggi. Era un'ottima occasione!

Appena lo raggiunsi gli sussurrai, cercando di non farmi notare: – Devo darle delle notizie **TERRIBILI!**

Il dottore mi ascoltò con attenzione, quindi si avvicinò al Conte e al Capitano con aria indifferente. I tre parlottarono per diversi minuti, poi il Capitano richiamò l'**ATTENZIONE** dei marinai.

– Finalmente ci siamo! Domani sbarcheremo

sull'isola! E per festeggiare, il dottor Livesey, il Conte Trelawney e io mangeremo qualcosa assieme!

Il conte allargò le zampe verso i topi sul ponte.

– E naturalmente ce ne sarà per tutti!

– Urrà! Yahuu! Yuppy! Yehehe!

Mentre noi scendevamo in cabina, i marinai gridavano di GIOIA.

Erano così allegri e festosi da non sembrare gli stessi pirati di poco prima, ben decisi a impadronirsi della nave!

Giù in cabina raccontai tutto quello che avevo sentito mentre ero nel barile di mele. Il Conte, il Capitano e il dottore mi ascoltarono con la massima serietà, e alla fine si congratularono per il mio CORAGGIO.

Il dottor Livesey addirittura mi abbracciò.

– Ragazzo mio, ci hai salvato la vita! – esclamò, riconoscente. – Ora, però, dobbiamo studiare un piano... Su quanti marinai possiamo contare?

Il Capitano fece un **RAPIDO** calcolo.

– I vostri tre servitori più noi, fanno sette!

sette contro **Diciannove?** C'era poco da stare allegri!

Il Capitano continuò: – Sono sicuro che qualche altro marinaio starà dalla nostra parte, ma ancora non sappiamo di chi si tratta.

– Jim ci aiuterà – intervenne il dottore – è un ragazzo sveglio e scoprirà chi ci è fedele.

– Bene. Faremo finta di non sapere nulla – decise il Capitano. – Prepariamoci a sbarcare!

– Perfetto! – concluse il Conte. – Prima troviamo il tesoro, poi si vedrà.

SKELETON ISLAND!

La mattina successiva, al risveglio, eravamo vicinissimi all'isola. Uscii di corsa dalla mia cabina e con pochi balzi feci le scale che salivano al ponte di comando. I marinai guardavano estasiati quel pezzo di terra in mezzo al mare: Skeleton Island! Mi avvicinai anch'io e mi piazzai accanto a O'Brian, un giovane scozzese dai capelli color CAROTA.

– Allora mozzo Hawkins, che te ne pare dell'isola? – mi chiese.

Skeleton Island!

Dovetti ammettere che lo spettacolo era davvero unico: ora che eravamo più vicini si distinguevano i differenti toni di verde delle piante e la sabbia sembrava davvero morbida! Per un attimo dimenticai i pericoli che ci aspettavano. Ciaf ciaf ciaf ciaf! Le onde dell'oceano si infrangevano allegramente contro lo scafo della nave e sulla spiaggia dell'isola.

Osservai le colline: ecco laggiù quella chiamata CANNOCCHIALE!

Quello spettacolo mi ricordò il motivo del nostro viaggio: lì era sepolto il tesoro di cui volevamo impadronirci, e per il quale rischiavamo di fare una brutta fine!

Improvvisamente l'isola non mi piaceva più tanto. eravamo in ballo e dovevamo ballare. Fino alla fine!

Una volta gettata l'ancora, il Capitano Smollett decise di concedere a tutti una giornata di **riposo**.

- Il viaggio è stato lungo - esordì - quindi chi vuole può scendere sull'isola per rinfrescarsi. Tornerete a bordo al tramonto.

I marinai accolsero la proposta con grida e canti di **GIOIA**.

La maggioranza dell'equipaggio decise di sbarcare e Silver, che aveva preso il **COMANDO** delle operazioni, fece calare in mare due sci*a*l*u*p*p*e. Io non sapevo che cosa fare, ma alla fine decisi (chissà perché mi vengono sempre queste **idee!**) di unirmi a quelli che stavano per scendere a terra. Non avevo un piano e pensavo che una volta sull'isola avrei deciso come comportarmi.

Erano tutti troppo **impegnati** nei preparativi per far caso a me e così salii sulla prima scialuppa, quella pilotata da Morgan, un vecchio marinaio con un occhio solo.

Il sole picchiava come un martello e il caldo era tremendo.

Per fortuna i marinai sulle due scialuppe facevano a gara per arrivare e in un batter d'occhio fummo a **RIVA**.

Tutti *saltarono* fuori dalle barche e corsero verso la *spiaggia*.

Quelli che erano sbarcati per primi si stavano già dirigendo verso la BOSCAGLIA: forse credevano di andare a sbattere dritti dritti nel tesoro.

Nella **confusione** generale, anch'io scesi dalla barca e mi precipitai verso un boschetto vicino.

Prima di scomparire nel verde sentii Silver che mi chiamava: — JIM! JIM!

Ma io continuai a correre, seguendo la direzione dei miei baffi!

LIBERO!

 avevo fatta in barba a Long John Silver: ero riuscito a *FILARMELA* senza che potesse fermarmi!

Mi sentivo libero. Libero! LIBERO!!!

Hoo-op! Cercai di attraversare un ruscelletto con un salto eeeee... sciaff! Finii dritto in una POZZANGHERA.

La cosa non mi dispiacque. In fondo, con il caldo che faceva, un bel bagno ci voleva proprio. Ripresi a correre e dopo aver superato un boschetto di salici sbucai in un terreno aperto e sabbioso, ai piedi di una collina.

Capriola! Capriola! Capriola!

Che bello esplorare un'isola deserta!

Potevo fare **TUTTO** quello che volevo!

– Ehi! Gabbiani! Tordi! Fringuelli! – gridai al cielo. – Qui ci siamo solo noi!

Giocai a nascondino fra gli alberi e nessuno mi trovò, perché c'ero solo io!

E finalmente mi fermai a riprendere fiato.

Correndo e saltando ero arrivato su un'altura dalla quale potevo vedere buona parte dell'isola.

I contorni della collina del **Cannocchiale** sembravano tremolare nell'aria afosa.

SQUEEEAK! QUARAQUAK!

Dalla palude vidi alzarsi uno stormo di anitre selvatiche: i PIRATI dovevano essere arrivati fin là!

Poi sentii delle voci e decisi di nascondermi.

116

LIBERO!

Mi rannicchiai sotto un CESPUGLIO, ben nascosto, e DRIZZAI le orecchie per sentire meglio.

Purtroppo riuscii a distinguere soltanto la voce di Silver secca e **RABBIOSA**, ma non capivo una parola!

Aguzzando le orecchie, mi resi finalmente conto che stava litigando con qualcuno.

A quel punto ricordai le parole del dottore:

– Jim scoprirà chi ci è fedele!

Dovevo sapere che cosa stava succedendo oltre i cespugli!

Quatto quatto, seguii la direzione delle voci...

... e di colpo li vidi!

LIBERO!

In una valletta a poca distanza da me, Long
John Silver e un tipo dell'equipaggio si stavano
affrontando a muso duro.

– Lo dico per te! – **ringhiava** Long
John Silver con un'espressione feroce.

– Preferisci diventare ricco o vedertela
con gli **squali?**

Ma l'altro non cedeva: – No! Non tradirò mai
il Capitano Smollett e il Conte!

Finalmente avevo trovato uno dei marinai
rimasti **fedeli!** Guardai meglio: si trattava
del giovane Tom, uno degli addetti alle vele.

A un tratto, poco lontano, si udirono un rumore di lotta e un grido straziante, seguiti da un tonf

– Aiutooooo!!!

Long John guardò Tom con **GELIDA** calma.

– Hai sentito? Chi non sta dalla nostra parte fa
una brutta fine!

LIBERO!

Evidentemente in un altro punto dell'isola c'era un altro marinaio fedele al Capitano... Ma forse per lui era troppo TARDi.

– Chi era? – chiese Tom, girandosi verso il punto da cui era arrivato l'urlo.

– Alan – rispose Silver con noncuranza. E aggiunse: – I miei uomini lo hanno sistemato.

Vuoi che ti succeda lo stesso?

Tom si voltò per fuggire, ma dopo pochi passi si ritrovò di fronte a uno STRAPIOMBO.

Sotto c'era il mare e dietro di lui avanzava Silver impugnando la stampella come un'arma. Per il povero marinaio non c'era scampo!

Mi voltai dall'altra parte per non assistere a quella scena terribile. Presi coraggio e quando tornai a guardare, vidi un corpo disteso a terra e Silver che si allontanava veloce e deciso con un fischietto tra le labbra.

Era il segnale per i suoi **MALEFICI** compari.

Che cosa potevo fare???

Cominciai a **CORRERE** più veloce che potevo, nella ~~direzione opposta~~ a quella dei PIRATI.

IL MISTERIOSO BEN GUNN

La **CORSA** non è mai stata il mio forte, ma vi assicuro che quel giorno le mie zampe sembravano quelle di una lepre!

In un batter d'occhio arrivai nella parte più interna dell'isola.

Mi fermai... **puff...** per riprendere fiato... **puff...** E all'improvviso vidi qualcosa (o qualcuno?) saettare dietro un albero.

– Ma che cosa succede? – esclamai, facendo un balzo all'indietro.

Chi (o che cosa) poteva essere? La misteriosa figura zigzagò di nuovo fra gli alberi. A pensarci bene, non mi interessava sapere chi fosse. Non volevo restare in quel posto un secondo di più! Meglio, molto meglio finire tra le grinfie del pirata Silver che affrontare quella misteriosa creatura! Mi voltai per tornare indietro, ma qualcuno (o qualcosa?), mi **TAGLIÒ** la strada.

– **FATTI AVANTI!** – dissi, estraendo dalla tasca la mia fionda e cercando di farmi coraggio.

– Jim Hawkins ti aspetta, chiunque tu sia!

Seguirono alcuni istanti di silenzio assoluto. Poi, di colpo, il tipo **misterioso** balzò fuori da un cespuglio e... non potevo credere alle mie pupille! Si gettò in ginocchio davanti a me.

– Abbi pietà! – mi implorò a zampe giunte.

– Non fare del male al **POVERO** Ben Gunn!
Muto per lo stupore, lo osservai con attenzione. Era uno strano tipo dall'aspetto arruffato, vestito di foglie di palma, stracci, pezzi di vela, il tutto tenuto insieme da corde e cinghie di cuoio.

– E tu chi sei? Un naufrago? – chiesi infilando la fionda nella cintura.

– No. Sono un pirata! Un pirata del Capitano Flint! – rispose, alzandosi in piedi.

– Sul seriooo? E che cosa ci fai sull'isola?

– Sono stato abbandonato dai miei compagni – rispose. – Tre anni fa li avevo convinti a cercare il tesoro del Capitano, ma non siamo riusciti a trovarlo. E così, per punirmi, mi hanno lasciato qui, con solo una vanga e un fucile!

– Vuoi dire che il tesoro esiste davvero? – lo interruppi BRUSCAMENTE.

– Certo che esiste! E ti assicuro che lo scambierei immediatamente con un pezzo di formaggio. Sono tre anni che non ne assaggio una briciola. Per caso puoi darmene un po'?

– A bordo del nostro veliero ce n'è in abbondanza, ma purtroppo non so come tornarci! – dissi, sconsolato.

– Questo non è un problema – rispose con espressione ASTUTA. – Il vecchio Ben Gunn ha una bellissima piroga nascosta in una grotta, sotto la rupe bianca.

Proprio in quell'istante un boato assordante squarciò il silenzio.

 BOOOM!

Erano i cannoni dell'*Hispaniola*!

Dall'altra parte dell'isola era cominciata la battaglia!

VIVI
PER MIRACOLO

Camminai a **lungo** insieme al mio nuovo compagno, che sembrava conoscere l'isola come le sue tasche. E il rumore della battaglia diventava sempre più forte.

Bang! Boom! Crack!

A un certo punto, però, cadde il silenzio. Il combattimento era finito.

Io e Ben Gunn continuammo a camminare, finché lui indicò una bandiera inglese che sventolava al di sopra degli alberi: – Guarda, Jim. Quelli devono essere i tuoi amici.

– Lo spero tanto, altrimenti siamo perduti!
Ci arrampicammo su un'altura.

Da lì potevamo vedere la bandiera
piantata sul tetto di una capanna circondata da
un'alta palizzata: era il fortino segnato sulla
MAPPA!

Fu a quel punto che Ben Gunn disse di
dover tornare indietro: si sarebbe unito
a noi qualche giorno più tardi.

– Prima devo sistemare alcune faccen-
de – esclamò, stringendomi la zampa. – Ma
se avete bisogno di me, sapete dove trovarmi.
Lo salutai e mi avvicinai furtivo al fortino sci-
volando all'interno.

– **Per mille balene!** – gridò il Conte Trelawney,
versandosi addosso la tazza di tè bollente che
stava bevendo.

Anche il dottore aveva la faccia di chi ha appena visto un FANTASMA. Poi si riprese dallo STUPORE e mi venne incontro dicendo:
– Poffarbacco, Jim! Che GIOIA rivederti!
Tutti corsero ad abbracciarmi: chi mi dava una pacca sulla spalla, chi un pizzicotto sul muso, chi mi stringeva forte.
I miei compagni avevano temuto di non rivedermi mai più, e il loro affetto era davvero commovente.
Solo Redruth, il vecchio custode, rimase sdraiato sulla paglia ammucchiata in un angolo. Il dottore mi disse che era stato ferito durante la battaglia.
Terminati i saluti, mi fecero il terzo grado per sapere che cosa mi fosse capitato dopo lo sbarco.

Raccontai del povero Tom e poi del mio incontro con Ben, l'uomo dell'isola. Anch'io, però, ero curioso e volevo sapere come mai erano lì. Il DOTTOR Livesey mi spiegò che avevano caricato provviste e munizioni a bordo di una scialuppa ed erano scesi a terra, per poi asserragliarsi nel fortino.

Era stata una **grande** idea, perché sulla nave Silver li avrebbe avuti in pugno, mentre il fortino era più facile da difendere. E poi lì accanto c'era la sorgente, così avrebbero avuto acqua a volontà.

– Il problema, caro Jim – proseguì il dottore, dopo avermi **allungato** un pezzo di formaggio – è che non tutti i pirati erano scesi sull'isola con Silver e, quando hanno visto che ce la filavamo con il CIBO e le armi, ci hanno sparato addosso!

– Quei ratti da ~~GALERA~~ ci hanno preso a cannonate! – intervenne Trelawney. – Siamo **VIVI** per miracolo!

– Purtroppo la scialuppa è stata colpita e due dei nostri sono stati **feriti** – aggiunse il dottore. – E abbiamo perso gran parte dei rifornimenti. Quella sera andammo a dormire presto: il giorno dopo ci aspettava una **battaglia** molto dura. Io, poi, ero così stanco che crollai subito addormentato.

INCUBI terribili mi perseguitarono per tutta la notte.

Sognai i pirati, Ben Gunn e l'Hispaniola.

BANDIERA BIANCA

La mattina seguente fui l'ultimo a svegliarmi.

Gli altri si erano alzati all'alba.

Sentivo un gran trambusto e tante voci.

Qualcuno dei nostri GRIDÒ: – Una bandiera bianca!

– Fate attenzione! È Silver! – aggiunse un altro.

A sentire quel nome saltai su e corsi a una feritoia nella staccionata.

Eccolo lì, il protagonista dei miei incubi: Long John Silver che avanzava ghignando nella gelida **NEBBIA** del mattino, al fianco di un PIRATA con uno straccio bianco tra le zampe.

– Ci penso io – sussurrò il Capitano. – Scommetto che questo è un tranello!

– Che cosa vuoi, vecchio bucaniere? – gli gridò da una feritoia.

– Parlare! – urlò Silver. E sventolando lo straccio aggiunse: – Vedete? Vengo in pace!

Uhm... Uhm... Ci guardammo incerti.

– Voglio solo trovare un accordo – continuò Silver, fermandosi.

Il Capitano Smollett ci fece cenno di stare in guardia: – Va bene, avvicinati. Ma niente scherzi!

Aiutandosi con la stampella, Long John balzò

oltre la staccionata come un leprotto. Era davvero agile!

Ora il Capitano e il pirata si trovavano uno di fronte all'altro.

– Siamo decisi a trovare il **TESORO** – disse spavaldamente Silver. – E se ci tenete alla pelliccia, dateci la mappa. Così torneremo tutti a casa sani e salvi.

– SANI E SALVI... CRAAA! SANI E SALVI! –

gli fece eco il pappagallo.

Il Capitano li **GELO'** entrambi: – Neanche per sogno! Arrendetevi e quando torneremo in Inghilterra avrete un giusto processo.

Silver cambiò **ESPRESSIONE**. I suoi occhi sembravano di fuoco!

Si girò per tornare dai suoi ratti, ma prima ci guardò ancora una volta: – Se non vi arrenderete entro un'ora, **ASSALTERÒ** il fortino e vi ridurrò in polpette!

Scavalcò la staccionata e sparì tra gli alberi.

Il Capitano diede l'ordine di prepararsi all'attacco.

– Ai posti di combattimento! – tuonò.

Le vedette tornarono subito verso le feritoie, mentre gli altri cominciavano a caricare i moschetti.

Qualcuno **SPENSE** il fuoco.

Il Conte, che aveva un'ottima **MIRA**, sorve-
gliava il lato nord della capanna.
Tutti erano al loro posto, con i fucili in spalla.
Io avevo il compito di ricaricarli.

– Poffarbacco! Quei furbanti ce la pagheranno cara! –

esclamò il dottore.
– Gli daremo una *bella* lezione! – rincarò
il Capitano.

– Siiiiì! – gridammo in coro. Eravamo pronti alla battaglia, e se i pirati avessero mostrato il loro brutto muso... gliele avremmo suonate!

Dopo un'ora non era ancora successo nulla.

Stavo quasi pensando di schiacciare un pisolino quando all'improvviso...

PAM! PUM! PIM! PAM!

I pirati ci attaccarono, sparando all'impazzata! Joyce, il valletto del Conte, fu il primo dei nostri a rispondere al fuoco.

– Preso qualcuno? – domandò il Capitano.

– Nessuno! – rispose Joyce.

La battaglia non cominciava bene...

Tutti
Inseguono Tutti

Sentivo i colpi sibilare sopra la mia testa, da ogni parte.

Da una feritoia vidi alcuni pirati *CORRERE* fuori dalla boscaglia e scalare la staccionata.

Solo quattro riuscirono a superarla.

Gli altri vennero respinti dai nostri fucili.

– Ahi! Uhi! Ohi! – ululeranno, scappando a gambe levate.

I quattro che avevano superato la palizzata corsero verso la capanna, urlando e sparando.

Hunter e Joyce, i valletti del Conte, provarono

a fermarli. Salirono sul tetto del fortino e da lì lanciarono sugli assalitori una rete zavorrata con noci di **COCCO**.

Purtroppo sbagliarono mira, un po' per la fretta e un po' per l'inesperienza.

Proprio Anderson, il PIRATA baffuto che sull'*Hispaniola* si divertiva a farmi lo sgambetto, incitava il gruppetto degli assalitori.

Il Capitano tuonò:

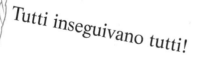

- *Avanti, prendeteli!*

Tutti fuori, miei prodi!

La battaglia continuò all'esterno della capanna.

Tutti inseguivano tutti!

Io *INSEGUIVO* un pirata con la fionda in mano, mentre un altro pirata inseguiva me con la *sciabola* in mano; il dottor Livesey rincorreva un bucaniere giù per la collina, fermandosi ogni tanto per prendere la mira e riprendere fiato, mentre altri due inseguivano lui! Sembrava non avere mai fine.

Si sentivano **spari, grida, tonfi...**

Ritirata! Tutti al fortino!

ordinò a un certo punto il Capitano Smollett.

Mi precipitai verso il fortino, ma fui obbligato ad arrestarmi.

– Fermo là! – minacciava Anderson, cercando di **TAGLIARMI** la strada.

O plà!

Con una piroetta riuscii a svicolare, ma c'erano altri pirati in arrivo.

'È LA FINE' pensai.

Fortunatamente il Conte non sbagliò un colpo. Alcuni di quei mascalzoni rimasero a terra, mentre altri scappavano come se avessero un demone alle calcagna.

– Bene, ne hanno avuto abbastanza! – esclamò *soddisfatto* il Capitano, scoppiando in una fragorosa risata.

- HO! HO! HO! HO! HO! HO!

CHE TIPO CORAGGIOSO!

DA SOLO
ALL'AVVENTURA

Come aveva detto il Capitano Smollett, per quel giorno gli ammutinati ne avevano avuto abbastanza, e noi pensammo a CURARCI.

Alcuni se l'erano cavata con qualche **livido**, ad altri era andata peggio. Ma per fortuna c'era il dottore, pronto a disinfettare e bendare le **FERITE!**

Dopo aver curato tutti, il dottore confabulò con il Conte e il Capitano.

PSSSS PSSSS PSSSS PSSSS

Poi prese cappello, moschetto, **MAPPA** del tesoro e uscì, dirigendosi verso la **palude**.

– Il dottor Livesey è ammattito? – chiese il marinaio Gray. Non capiva il motivo di quell'uscita. Io risposi: – Per niente! Anzi, forse è andato a trovare una mia vecchia conoscenza: Ben Gunn!

Il sole stava arrostendo il fortino e le nostre pellicce. La capanna era addirittura rovente. Pensai al dottore che camminava all'ombra dei pini, nella frescura del bosco... e decisi che non sarei rimasto in quel posto un minuto di più! Misi in tasca un po' di formaggio e delle gallette, presi una pistola carica, un coltello e scivolai fuori dalla capanna.

Nessuno mi vide. Erano tutti stanchi morti, dopo la battaglia.

Dovevo trovare la piroga di Ben Gunn sotto la rupe bianca, poi avrei colto i PIRATI di sorpresa.

VIA! VIA! VIA!

Corsi più veloce che potevo lungo la collina e raggiunsi il limitare della foresta. Da lì cominciai a scendere verso la riva del mare, attraverso la fitta VEGETAZIONE. Volevo arrivare alla spiaggia senza farmi vedere dai pirati che si trovavano sull'*Hispaniola*, poi avrei preso la barca di Ben Gunn e con quella avrei tentato di raggiungere la nave.

Avanzare tra cespugli, rovi ed erbacce non era FACILE, per cui mi ci volle un'ora di cammino. Poi sentii il suono della risacca e subito dopo un soffio di aria fresca e salmastra. La riva non doveva essere l o n t a n a !

Finalmente, dietro alcune rocce ricoperte di piante SPINOSE, ecco l'oceano! Azzurro e **IMMENSO**. Ed ecco l'*Hispaniola*!

La goletta sembrava riposare *tranquilla* nella baia e la sua sagoma scura spiccava nitida nella luce rossa del tramonto. Una scialuppa si stava staccando dalla nave. E su di essa c'era... Long John Silver!

Sulla spalla del cuoco riuscii a distinguere il suo pappagallo.

"Per mille pappafichi fiacchi!" – gracchiò l'animale.

– Ai remi! Craaa...

Sulla piroga
di Ben Gunn

Mentre la scialuppa di Silver raggiungeva la spiaggia, io rimasi nascosto tra i cespugli, a un passo dalla sabbia. Aspettai il buio della sera e poi strisciai fuori dal nascondiglio, dirigendomi verso la fine della lingua sabbiosa, nel punto in cui si trovava la rupe bianca. Nascosta in una grotta trovai una specie di barchetta, 'la bellissima piroga', come l'aveva chiamata Ben Gunn! Era piccola come un guscio di noce, ma mi sembrò perfetta per il mio scopo.

'NON SARA' DIFFICILE MANOVRARLA'

pensai, mentre mi davo la spinta iniziale puntando il remo contro la roccia.

Il buio non mi avrebbe aiutato di certo. Solo una pallida luce in lontananza indicava la posizione della nave.

La corrente mi spingeva verso l'*Hispaniola*, proprio come avevo previsto.

Ma la corrente rischiava anche di spiaccicarmi contro la goletta, e questo non l'avevo previsto!

Aiutandomi col remo, riuscii a non sbattere contro lo scafo e a un tratto mi resi conto che

LE ONDE POTEVANO ANCHE TRASCINARMI OLTRE LA NAVE.

Poi vidi qualcosa che spuntava dall'acqua: era la fune dell'ancora!

Sulla piroga di Ben Gunn

Mi fermai a riflettere per qualche istante: forse la **grossa** corda poteva essermi utile. Se fossi riuscito a **TAGLIARLA**, la corrente avrebbe spinto l'*Hispaniola* verso l'isola, proprio nella baia nascosta che solo io e Ben Gunn conoscevamo. Senza pensarci due volte mi alzai in piedi nella piroga e, aggrappandomi alla CORDA tesa, cominciai a tagliarla con il coltello. La cosa fu più difficile del previsto, perché la corda era molto spessa, ma dopo un po', portai a termine il mio lavoro.

L'HISPANIOLA ERA LIBERA!

La nave si mosse lentamente, seguendo il movimento delle onde.

Dal ponte intanto cominciarono ad arrivare delle voci: qualcuno stava discutendo, anzi litigando!

Remando con cautela, mi avvicinai alla corda che ora pendeva dalla nave. Tanto valeva arrampicarsi, giusto per dare un'occhiata e decidere il da farsi.

Uff! Uff! A fatica arrivai all'altezza del ponte.

Nonostante il buio riconobbi Hands, con il suo *inseparabile* orecchino ad anello, e O'Brian, che si **AZZUFFAVANO**. Purtroppo non riuscii a vedere altro, perché una **BRUSCA** virata della nave mi fece ricadere nella piroga.

Subito mi resi conto che qualcosa stava andando storto. Contrariamente a quanto previsto, la nave si stava dirigendo al largo, lontano dall'isola.

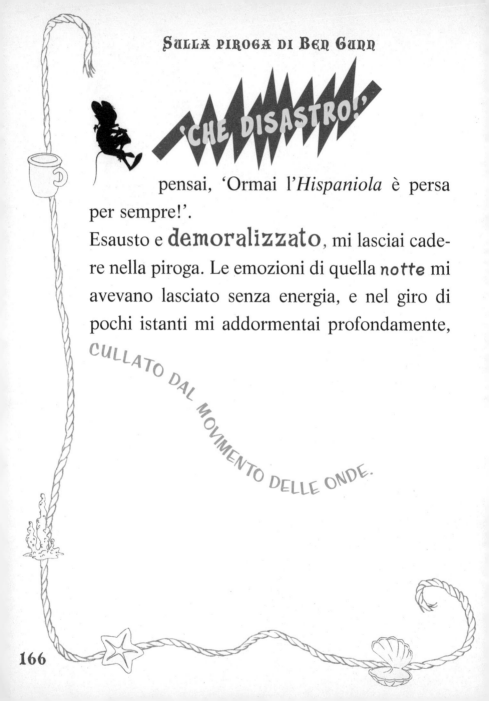

'CHE DISASTRO!'

pensai, 'Ormai l'*Hispaniola* è persa per sempre!'.

Esausto e **demoralizzato**, mi lasciai cadere nella piroga. Le emozioni di quella **notte** mi avevano lasciato senza energia, e nel giro di pochi istanti mi addormentai profondamente, CULLATO DAL MOVIMENTO DELLE ONDE.

Sono io il Capitano della nave!

i svegliai che era giorno. Mi trovavo dall'altro lato dell'isola, dove al posto della spiaggia c'erano alte scogliere. Troppo alte per approdare, e poi...
GASP!
Gli scogli erano affollati di enormi leoni marini. Non mi restava che dirigermi al largo e poi raggiungere la baia da dove ero partito. Con qualche colpo di remo mi allontanai dalla costa e cominciai a cavalcare le onde enormi che mi spingevano lontano... troppo lontano!

In men che non si dica mi ritrovai in mare aperto, lontanissimo dall'isola. Il sole era alto e avevo una sete terribile. Avrei fatto qualunque cosa per un sorso d'acqua! Poi, a un tratto, una visione! Di fronte a me comparve l'*Hispaniola*! Si muoveva appena, con le vele bianche afflosciate per la mancanza di vento.

Ritrovai un po' di energia: sulla nave avrei trovato da bere. Remai con le forze rimaste, ma capii che non sarebbe stato facile salire a bordo. Le onde altissime mi allontanavano e mi avvicinavano pericolosamente allo scafo. Poi all'improvviso il colpo di fortuna! Un'onda mi sollevò fino all'altezza del ponte e allora... *hooop!* Mi lanciai con tutte le forze e riuscii ad aggrapparmi alla balaustra. Appena in tempo! Perché pochi istanti dopo la piroga

fu investita e **distrutta** dall'*Hispaniola*!
IL PONTE ERA DESERTO.

C'era cibo sparso dappertutto e bottiglie rovesciate. Vidi O'Brian morto STECCHITO e poco lontano Hands che russava come un trombone. Che fare? Svegliarlo o buttarlo in mare?
– Ho fame!
Hands si era svegliato e mi guardava con occhi annebbiati.
– Mozzo, portami da mangiare!

Scesi in cabina: era tutta sottosopra. La lotta fra i due pirati era stata davvero **FURIOSA**.

Tornato sul ponte, bevvi un sorso d'acqua, mentre Hands mangiava.

– Adesso sono io il Capitano della nave! – esclamai, mentre toglievo la bandiera nera.

– Va bene, visto che mi hai portato il formaggio, ti aiuterò a guidare la nave verso il fortino – mi propose Hands.

Non mi fidavo di lui.

Ma avevo bisogno del suo aiuto.

Si mise al timone e la nave filò *VELOCE* verso la baia nascosta.

– Portami altro cibo! – mi chiese di nuovo con una strana espressione.

Capii subito che si trattava di un TRANELLO.

Finsi di scendere sottocoperta, invece feci il

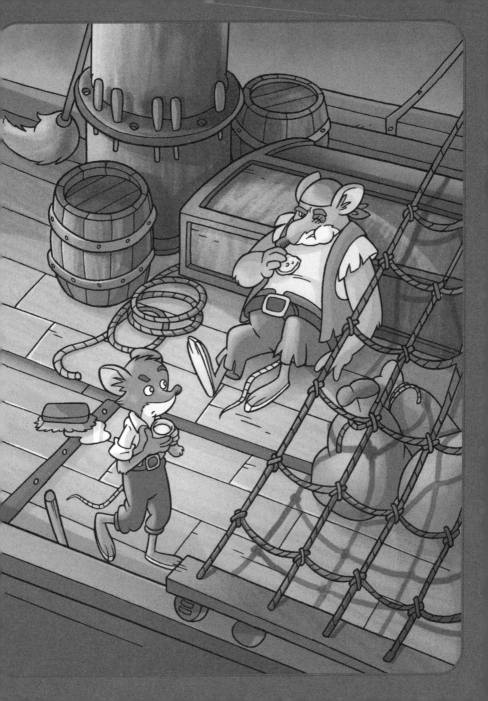

giro del ponte e salii sul castello di prua. Hands, però, fu più **furbo** e, quando mi voltai, mi stava attaccando con un pugnale.

'Questa è la fine!' pensai.

Ma la fortuna mi aiutò ancora: un'improvvisa virata dell'*Hispaniola* fece perdere l'equilibrio al pirata. Colsi l'occasione al volo e mi arrampicai sull'albero maestro.

– Se provi a salire, ti faccio secco! Non sto scherzando! – gridai, puntando la pistola.

Hands tentò di colpirmi. Disperato, feci fuoco. Lo centrai in pieno, facendolo cadere in mare.

SPLASH!

Attesi qualche minuto, ma il corpo di Hands non riemerse. Appoggiato all'albero tirai un **SOSPIRO DI SOLLIEVO**, mentre la nave si allontanava veloce verso la rada.

In Trappola!

Ero davvero soddisfatto di me stesso. Avevo sconfitto due pirati in un colpo solo e ora l'*Hispaniola* era al sicuro nella baia, pronta a riportarci a casa insieme al **TESORO**.

Aspettai che facesse buio, poi scesi dalla nave e risalii il pendio che portava al bosco. Già immaginavo il mio arrivo al fortino. Mi avrebbero sommerso di abbracci e complimenti. Ero felicissimo e, camminando attraverso il bosco, ben presto arrivai alla staccionata.

'Meglio essere prudente' pensai mentre mi avvicinavo. 'Al buio potrebbero scambiarmi per un PIRATA.'

– Rooonf... fiii! Rooonf... fiii!

Che concerto, ragazzi!

Dentro la capanna russavano tutti!

Mi avvicinai in punta di piedi, spinsi la porta ed entrai. All'improvviso una voce gracchiante ruppe il silenzio, come lo scoppio di una cannonata: – All'arrembaggio! Craaa... All'arrembaggio! Craaa... Per mille pappafichi fiacchi!

Il Capitano Flint! Il pappagallo di Silver!

In quel momento qualcuno mi afferrò per una zampa e qualcun altro accese una torcia.

Ero caduto in trappola!

– Salve Jim! – mi salutò Long John Silver con un sorriso beffardo. Era seduto su un sacco e accarezzava il suo pappagallo.

– Mi dispiace, ma i tuoi amici non ci sono più.

Per qualche istante ebbi **PAURA** del peggio, ma Silver si chinò verso di me e mi sussurrò all'orecchio: – Non preoccuparti, GIOVANOTTO. Hanno semplicemente accettato la mia proposta: la loro vita in cambio del fortino, dei viveri e... della **MAPPA!**

Non potevo credere alle mie orecchie, ero convinto che Silver si stesse prendendo GIOCO di me. E la mia rabbia era tale che per vendicarmi decisi di raccontare la mia avventura notturna sull'*Hispaniola*.

Quando seppero che avevo nascosto la nave in

un luogo **SeGReTO**, i pirati andarono su tutte le furie e mi si strinsero intorno minacciosi.

Ma Silver si alzò di scatto e gridò: – Fermi, branco di zucconi! Lasciatelo stare!

I PIRATI ammutolirono di colpo.

– Il Capitano sono io! Perciò si fa come dico io! – aggiunse sollevando la stampella come un'arma. – E se qualcuno non è d'accordo si faccia avanti!

Per un po' i pirati restarono *tranquilli.* *Poi* decisero di riunirsi fuori, vicino alla palizzata.

– Vedi Jim, ora mi daranno la **MACCHIA NERA!** – disse Long John con tono grave.

– Vogliono togliermi il comando. Lo guardai **TERRORIZZATO**.

– Ma allora per noi due è la fine!

IN TRAPPOLA!

– Fidati di me. Ho ancora una carta da GIOCARE.
In quell'istante i pirati rientrarono nella capanna e consegnarono un *foglietto* a Silver.
– Bene! La Macchia Nera! – disse in tono sarcastico.
– Certo – disse Morgan, che sembrava il più deciso. – Ci hai promesso il tesoro, ma finora non ne abbiamo visto l'ombra. Non siamo neppure sicuri che esista davvero!
A quel punto Silver tirò fuori dalla tasca una pergamena ripiegata e in tono di sfida disse:
– Ah, sì?! E allora che cosa ne dite di questa?

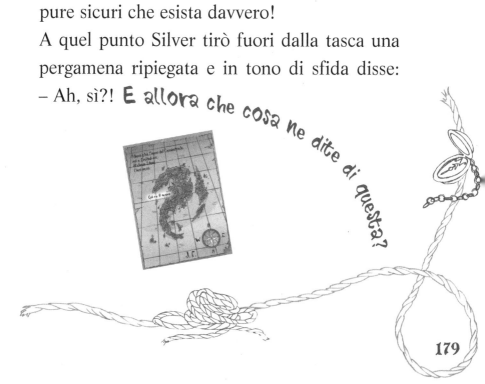

IL PATTO CON SILVER

La mappa del tesoro!

I pirati erano rimasti A BOCCA APERTA.

Dopo un istante di stupore si gettarono tutti insieme sulla *pergamena*, tirandola di qua e di là, passandosela di mano in mano. Sembravano un branco di squali **affamati**.

– È la mappa di Flint! – esclamò uno di loro.

– E guardate... questa è la sua firma!

Le iniziali J.F.

– E come lo portiamo a casa, il **TESORO**, senza la nave? – chiese George.

Il patto con Silver

SILVER ANDÒ SU TUTTE LE FURIE.

– Siete degli incapaci! Io ho trovato la **MAPPA** e voi avete perso l'*Hispaniola*! Ma devo pensare sempre io a tutto?

Sulla sua spalla il pappagallo ripeté: – Siete degli INCAPACI! Per mille pappafichi fiacchi! All'arrembaggio! Craaa...

– Mi avete anche dato la Macchia Nera... – continuò Silver, con rammarico. – Arrangiatevi!

Dai bucanieri si alzò un coro di voci: – No, Silver! AIUTACI! Sei sempre tu il nostro Capitano!

Long John ci pensò un attimo: – Uhm... Uhm... Poi appallottolò il foglietto con la Macchia Nera e lo gettò lontano.

– Va bene iMPiASTRi! Sono di nuovo il vostro comandante!

– Urrà! Yahuu! Yuppy! Yehehe!

I pirati festeggiarono tutta la notte.

La mattina seguente ci svegliò la voce cordiale di Livesey, comparso sulla porta della capanna.

– IN PIEDI, PIRATI! È ARRIVATO IL DOTTORE!

Che **GIOIA** sentire la sua voce!

– Buongiorno, dottore! – rispose Silver di **OTTIMO** umore. – Abbiamo una sorpresa per lei. Un ospite è venuto a trovarci.

Il dottore mi guardò **STUPITO**.

– Oh, POFFARBACCO! Il giovane Hawkins riesce sempre a sorprendermi.

Poi cominciò a visitare i **malati** nella capanna. – Come va la ferita, Morgan? – chiese. – E tu, fammi vedere la lingua, Dick!

– E ora, se permettete, vorrei parlare da solo con Jim – disse infine.

I PIRATI erano contrari, ma Silver acconsentì. Uscito dalla capanna, sentii i pirati che se la prendevano con lui. – Tu fai il doppio gioco! Stai dalla parte del nemico!

– La **MAPPA** ce l'abbiamo noi! – ringhiò Long John. – Quindi, niente storie!

Poi uscì e si rivolse al dottore: – Il ragazzo le racconterà di come l'ho salvato dagli altri pirati. Spero che lei se ne ricorderà se un giorno verrò **ARRESTATO** e processato!

IL PATTO CON SILVER

Si allontanò per lasciarci soli e tornò dai compagni, che stavano ACCENDENDO il fuoco.

– Scappa con me, Jim! – fu la prima cosa che mi disse il dottore.

– Non posso – risposi. – Ho dato la mia parola a Silver! Ma ho preso la nave per voi!

– La nave? – ripeté il dottore INCREDULO.

Gli raccontai della mia impresa, lasciandolo a bocca aperta. Quando il dottore se ne andò, mi ritrovai da solo con Long John Silver.

– Avevi la possibilità di SCAPPARE, ma non l'hai fatto – disse. – Ti ringrazio. Gli altri pirati non me l'avrebbero fatta passare liscia! Dobbiamo stare vicini, Jim! Solo così riusciremo a salvare la pelliccia!

Quindici uomini sulla cassa del morto!

I pirati erano **emozionati** all'idea di trovare finalmente il tesoro.

Pensavano che l'avventura fosse ormai giunta al termine.

Il **pappagallo** Flint, posato sulla spalla di Silver, li canzonava.

– Craaa... Pirati sciocchi! Craaa... All'arrembaggio! Craaa...

– Quando avremo il tesoro, troveremo la nave e ce ne andremo! – disse Silver. – Siete fortunati ad avere il **vecchio** Long John che pensa a voi!

– Urrà! Yahuu! Yuppy! Yehehe! –

risposero i bucanieri.

Silver li zittì con un gesto della zampa. – E il GIOVANE Jim sarà il nostro lasciapassare. Finché abbiamo lui in ostaggio, nessuno ci torcerà un capello!

– Urrà! Yahuu! Yuppy! Yehehe! –

ripeterono i pirati.

Ma io potevo davvero fidarmi di Silver? Ed era vero che i miei compagni avevano ceduto il fortino e la **MAPPA** con tanta facilità?

Seguii i bucanieri che andavano alla ricerca del tesoro.

Che strano spettacolo, a pensarci bene: un ragazzo prigioniero di un gruppo di marinai, armati fino ai denti, bendati e zoppicanti.

Giunti alla spiaggia, salimmo sulle scialuppe.

Ciaf! Ciaf! Ciaf! Ciaf!

I pirati studiavano la mappa, che non era molto chiara. Diceva così: *'Albero alto, fianco del Cannocchiale, poi a Est Sud-Est. Skeleton Island. Dieci passi'.*

C'erano un mucchio di alberi alti sull'isola.

Ma qual era quello giusto?

REMAMMO fino alla spiaggia del 'Cannocchiale' e da lì ce la facemmo tutta a piedi!

Affrontare la salita fu una faticaccia, ma il peggio arrivò quando dovemmo attraversare la **palude** e le sterpaglie.

A un certo punto superammo una zona rocciosa, dietro la quale si stendeva un bellissimo prato pieno di ginestre.

I pirati si sparsero qua e là, alla ricerca di un

albero che corrispondesse alla descrizione. Io rimasi accanto a Silver e lo aiutai a non inciampare tra la fitta vegetazione.

– **UAAAARGH!**

A un tratto sentimmo un urlo proprio davanti a noi e tutti cominciarono a correre.

'Forse hanno già trovato il tesoro?' pensai.

'Impossibile, sarebbe troppo facile!'

In pochi istanti arrivammo nel punto da cui era partito il **GRIDO**.

Uno dei pirati si trovava ai piedi di un grosso pino e per terra, vicino a lui... c'era uno scheletro di roditore che, con la sua gamba sinistra, puntava a Est Sud-Est!

– Questo è uno scherzo degno di Flint! – esclamò Silver. – Scommetto qualsiasi cosa che

guendo la direzione della gamba arriveremo al tesoro!

– Speriamo che da queste parti non ci sia il suo **FANTASMA!** – disse Morgan, guardandosi intorno timoroso.

– Vi ricordate che cosa cantava durante il suo ultimo viaggio? – rincarò Merry. – Da quel giorno non posso più sentire quella canzone senza **RABBRIVIDIRE!**

E gli altri intonarono a bassa voce, come una specie di lamento:

- QUINDICI UOMINI, QUINDICI UOMINI
SULLA CASSA DEL MORTOOO!

– Basta con queste stupidaggini! – li interruppe Silver. – Flint non c'è più da un pezzo e noi abbiamo un tesoro da trovare!

I pirati ripresero il cammino in direzione Est Sud-Est, ma non erano più *allegri* come prima: lo scheletro li aveva terrorizzati.

UNA VOCE SPETTRALE!

Ah, che soddisfazione raggiungere la cima! Il panorama mozzava il fiato: sotto di noi l'○○○○○○○○ e di fronte il 'Cannocchiale'.

Tutto era silenzioso, a parte il ronzìo degli insetti e la risacca del mare, giù in basso.

Silver controllò la bussola. Poi mi indicò una PUNTA sul lato della collina.

– Quello dev'essere il fianco del 'Cannocchiale'. Mettiamo qualcosa nello stomaco e ripartiamo! – gridò ai compagni.

Ma dopo essersi imbattuti nel sinistro segnale lasciato da Flint, i PIRATI non avevano nessuna voglia di mangiare.

Ormai parlavano addirittura a bassa voce. Anzi, sussurravano.

Di colpo, dal folto degli alberi di fronte a noi arrivò una voce che ci gelò il sangue!

– QUINDICI UOMINI, QUINDICI UOMINI SULLA CASSA DEL MORTOOO!

I pirati sbiancarono.

Alcuni si abbracciarono, tremando. Morgan si gettò a terra.

– È la voce di Flint! – gridò terrorizzato. – L'ho riconosciuta!

La canzone si interruppe all'improvviso, così

come era cominciata. Nel bosco c'era un silenzio **SPETTRALE**.

– All'arrembaggio! Per mille pappafichi fiacchi! Craaa... –. Il gracchiare del pappagallo ci fece tornare alla realtà.

– **FORZA, CODARDI!** – sbraitò Silver. – Sembrate un branco di mammolette! Vi fate spaventare da una voce?! Quello era un topo in carne e OSSA, non uno spirito!

Alla fine i pirati si tranquillizzarono e si prepararono a muoversi, quando si sentì di nuovo quella voce!

– **DARBY MACGRAW! DARBY MACGRAW!** –

ripeté lamentosa.

DARBY, PORTAMI DA BERE!

I bucanieri rimasero impietriti dalla paura. Solo Dick riuscì a parlare: – Queste sono state le ultime parole pronunciate da Flint prima di morire!

Questa volta anche Silver era SPAVENTATO, ma lo nascose bene.

– Solo noi sappiamo di Darby e delle ultime parole di Flint, è vero. Ma non sarà un fantasma a tenermi lontano dal TESORO!

I suoi compagni non erano altrettanto coraggiosi e fiduciosi.

– Zitto Long John! – esclamò Merry. – O farai arrabbiare lo SPETTRO!

– Ma che SPETTRO e SPETTRO! – replicò Silver stizzito. – Non ditemi che voi credete a queste cose?!

Poi rimase in silenzio a riflettere e infine esclamò: – Quella non era la voce di Flint... sembrava più quella di...

MA CERTO! ERA BEN GUNN!

– Ma anche Ben Gunn ormai dev'essere un **FANTASMA!** – disse qualcuno.

– Ben Gunn non conta niente! Non ha mai contato *niente*! – ruggì Silver.

– Né da topo, né da fantasma!

L'espressione feroce di Long John convinse anche i più **PAUROSI**.
Tutti si caricarono gli attrezzi in spalla e ripartirono in cerca del tesoro.

Il tesoro del Capitano Flint

Finalmente arrivammo alle pendici del **Cannocchiale**.

Ecco un grande ALBERO! No, troppo basso. E allora quell'altro! Neanche, troppo sottile.

– È senz'altro questo – dichiarò Silver, indicando una pianta enorme. Il tronco sembrava il campanile di Bristol e la sua OMBRA avrebbe potuto coprire tutta l'ADMIRAL BENBOW.

Gli **OCCHI** dei marinai cominciarono a brillare: da qualche parte, là intorno, era sepolto il tesoro.

Guardai Silver: sembrava che sulla sua fronte
ci fosse scritto **ORO** a caratteri cubitali!
Ero sicuro che avrebbe tradito il nostro patto:
una volta trovato il tesoro mi avrebbe lasciato
in balìa dei PIRATI.
La mia pelle non era mai stata così in pericolo!
I pirati cominciarono a correre verso un punto
preciso. Anche Silver accelerò il passo, stratto-
nandomi perché lo seguissi.
Ci fermammo di colpo vicino ai bucanieri,
davanti a una **GRANDE** fossa.
Dentro c'erano un piccone rotto e vecchie cas-
sette sparpagliate. Su una di queste si leggeva
ancora un nome: 'WALRUS'.
Era il nome della vecchia nave di Flint!
Evidentemente qualcuno era già passato di lì e
si era portato via il tesoro.

Silver fu il primo a riprendersi dalla delusione e, senza farsi notare dagli altri, mi fece spostare lungo il bordo della fossa.

HOP! HOP! HOP! HOP! HOP! HOP!

In un attimo eravamo dalla parte opposta, con gli altri di fronte a noi.

I pirati si precipitarono dentro la buca, cominciando a **SCAVARE** con le unghie, le zampe e i denti.

– Non troverete nemmeno una crosta di formaggio! – gridò a quel punto Silver.

Allora gli altri uscirono dalla fossa e lo fissarono con rabbia. – Tu lo sapevi, traditore!

Stavano per saltarci addosso, quando dal bosco arrivò un **FRASTUONO** assordante, come di tuoni durante una tempesta.

Una pioggia di proiettili si abbatté sui pirati.

Tutti si misero a **CORRERE** all'impazzata per non farsi colpire, ma era del tutto inutile, perché dall'altro lato anche Silver aveva cominciato a sparare.

I pirati fuggivano disordinatamente.

– Via! Via! Salviamo la pelliccia!

Il dottor Livesey, il Conte Trelawney e Ben Gunn sbucarono dal boschetto e li rincorsero per un pezzo. Anche Silver partecipò all'inseguimento, saltellando su una zampa sola e con il pappagallo Flint che starnazzava sulla sua spalla.

– All'arrembaggio! Craaa...

Nel giro di pochi minuti non ci fu più traccia dei pirati, e così il Conte poté spiegarci con calma come erano andate le cose.

Per cominciare, ci disse che Ben Gunn era stato straordinariamente furbo. Durante la sua lunga permanenza sull'isola aveva trovato il tesoro e poi l'aveva spostato in un altro nascondiglio. Ecco perché il dottore aveva consegnato la **MAPPA** ai pirati: non serviva più a nulla!

Recuperate le barche, andammo tutti alla grotta dove si trovava il tesoro, e dove ci aspettavano Gray e il Capitano Smollett.

Il tesoro di Flint era davvero enorme: monete d'**ORO** e d'*argento* inglesi, francesi, spagnole e portoghesi, dobloni, ghinee e zecchini. Ci vollero giorni per trasportarlo sull'*Hispaniola*. E quando tutto fu pronto, ci preparammo a salpare per l'Inghilterra.

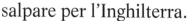

Rotta
verso casa!!!

Dritto sul ponte di prua dell'*Hispaniola*, osservavo l'orizzonte davanti a me. Una leggera brezza mi spettinava e io mi sentivo il topo più felice dell'universo!

– **Salpate le ancore!** – gridai con tutta la voce che avevo in corpo. – Rotta verso casa!!!

Gli altri mi guardarono stupiti e poi scoppiarono a ridere!

Dopo alcuni giorni di navigazione ci fermammo in un porto per ingaggiare un nuovo equipaggio.

Il Conte Trelawney, il dottore e io scendemmo a terra.

– Jim, ora che sei un vero lupo di mare – disse il Conte – che cosa pensi di fare?

A dire il vero, non ne avevo idea!

Ero sicuro solo di una cosa: non sarei tornato su quell'isola per tutti i tesori dell'universo, neanche se me lo avesse chiesto il re d'Inghilterra in persona!

Long John Silver, invece, sapeva benissimo che cosa fare di se stesso e della propria vita.

Infatti, durante la nostra sosta in porto, quella vecchia volpe aveva messo in pratica il suo piano e si era *Volatilizzato*!

Ben Gunn disse che non aveva potuto fare nulla per fermarlo. Silver era stato troppo rapido e ASTUTO.

– Naturalmente non se n'è andato a mani vuote.
Si è portato via un bel sacchetto di monete!

– Poco male – concluse il DOTTORE – almeno ci siamo liberati di lui.

Guardai verso il mare e vidi una scialuppa che si allontanava con Silver a bordo.

Ormai era soltanto un puntino all'orizzonte.

Non sapevo se essere contento o dispiaciuto per la sua partenza, ma in cuor mio sapevo che non avrei mai più incontrato nessuno come Long John Silver, IL TIPO CON UNA GAMBA SOLA.

RITORNO ALLA LOCANDA

Da alcuni mesi siamo tornati a casa, ognuno con la sua parte di tesoro. Il dottor Livesey vuole aprire un modernissimo ospedale per i topi

bisognosi. Il conte Trelawney ha intenzione di fare l'armatore: costruirà navi *bellissime* che solcheranno gli oceani di tutto il mondo.

E Ben Gunn?

La sua parte di tesoro ha fatto la stessa fine del pirata Silver: volatilizzata!

Svanita in pochi giorni! **Puff!** Volatilizzata! Tutta spesa in formaggio! Quanto a me, credo che rimetterò a nuovo l'ADMIRAL BENBOW (per la **GIOIA** di mia madre!), ma soprattutto credo che non dimenticherò mai questa incredibile avventura.

E come potrei?

Da quando siamo tornati, ogni notte mi sveglio di soprassalto e mi sembra di sentire nelle orecchie una voce gracchiante che urla:

Craaa... All'arrembaggio! Per mille pappagalli fiacchi! All'arrembaggio!

PARTENZA

EUROPA

AFRICA

NTICO

N

W E

S

0   500 1000 1500 2000

Robert Louis Stevenson

Robert Louis Stevenson nacque a Edimburgo nel lontano 1850.

La famiglia voleva che seguisse le orme del padre ingegnere o, almeno, che diventasse avvocato al termine dei suoi studi in legge. Invece il giovane Robert stupì tutti e decise di fare... lo scrittore!

A causa di alcuni problemi ai polmoni, Stevenson

fu costretto a iniziare nel 1874 una serie di viaggi in Francia per curarsi.

Qui conobbe e si innamorò di Fanny Osbourne.

Dopo averla sposata tornarono a vivere assieme a Edimburgo. Qualche anno dopo Stevenson ottenne un grande successo con la pubblicazione dell'*Isola del Tesoro*, del 1883, e *Lo strano caso del dottor Jekyll e del signor Hyde*, qualche anno più tardi.

Il fisico malato e l'amore per l'avventura, però, spinsero Stevenson a partire di nuovo. Riprese così a viaggiare e, dopo una breve tappa a New York, nel 1891 raggiunse le isole Samoa, dove si stabilì assieme a tutta la famiglia.

Finalmente felice, poté godersi gli ultimi anni di vita dedicandosi alla grande passione per la scrittura fino al 1894, anno della sua morte.

INDICE

Geronimo Stilton

- Terzo Viaggio nel Regno della Fantasia
- Quarto Viaggio nel Regno della Fantasia
- Quinto Viaggio nel Regno della Fantasia
- Viaggio nel Tempo
- Viaggio nel Tempo - 2
- Il Segreto del Coraggio
- La Grande Invasione di Topazia
- Le avventure di Ulisse

LIBRI SPECIALI

È Natale, Stilton!
Halloween... che fifa felina!
Viaggiare... che passione!
Datti una mossa, Scamorzolo
Inseguimento a New York
Mondo Roditore
Mondo Roditore - Giochi & Feste
Più che amiche... sorelle!

SEGRETI & SEGRETI

1. La vera storia di Geronimo Stilton
2. La vera storia della Famiglia Stilton
3. I segreti di Topazia
4. Vita segreta di Tea Stilton

GRANDI STORIE

- L'Isola del Tesoro
- Il Giro del Mondo in 80 Giorni
- La Spada nella Roccia

- Piccole donne
- Il Richiamo della Foresta
- Robin Hood
- I tre moschettieri
- Il libro della giungla
- Heidi
- Ventimila leghe sotto i mari
- Peter Pan

Cinque minuti prima di dormire
Buonanotte Topini!
Le grandi fiabe classiche
Le grandi fiabe classiche 2

AVVENTURE NEL TEMPO

- Alla scoperta dell'America
- Il Segreto della Sfinge
- La truffa del Colosseo
- Sulle tracce di Marco Polo
- La grande Era Glaciale
- Chi ha rubato La Gioconda?
- Dinosauri in azione!

SUPEREROI

1. I difensori di Muskrat City
2. L'invasione dei mostri giganti
3. L'assalto dei grillitalpa

EDUCATIONAL

- Dinosauri
- Il mio primo dizionario di Inglese (con CD)
- Il mio primo dizionario di Inglese tascabile
- Il mio primo dizionario di Italiano

- Parlo subito Inglese
- Il mio primo Atlante

BARZELLETTE

1000 Barzellette vincenti
1000 Barzellette irresistibili
1000 Barzellette stratopiche
Il Barzellettone
Barzellette Super-Top
    Compilation 1
Barzellette Super-Top
    Compilation 2
Barzellette Super-Top
    Compilation 3
Barzellette Super-Top
    Compilation 4
Barzellette Super-Top
    Compilation 5
Barzellette Super-Top
    Compilation 6

Tea Stilton

TEA SISTERS

1. Il codice del drago
2. La montagna parlante
3. La città segreta
4. Mistero a Parigi
5. Il vascello fantasma
6. Grosso guaio
   a New York
7. Il tesoro di Ghiaccio
8. I naufraghi delle stelle
9. Il segreto del castello
   scozzese
10. Il mistero della bambola
    nera
11. Caccia allo Scarabeo Blu

TEA SISTERS COMICS

- Il segreto dell'Isola delle
  Balene
- La rivincita del club delle
  lucertole
- Il tesoro della nave vichinga
- Aspettando l'onda gigante

VITA AL COLLEGE

1. L'amore va in scena a
   Topford!
2. Il diario segreto di Colette
3. Tea Sisters in pericolo!

Geronimo Stilton

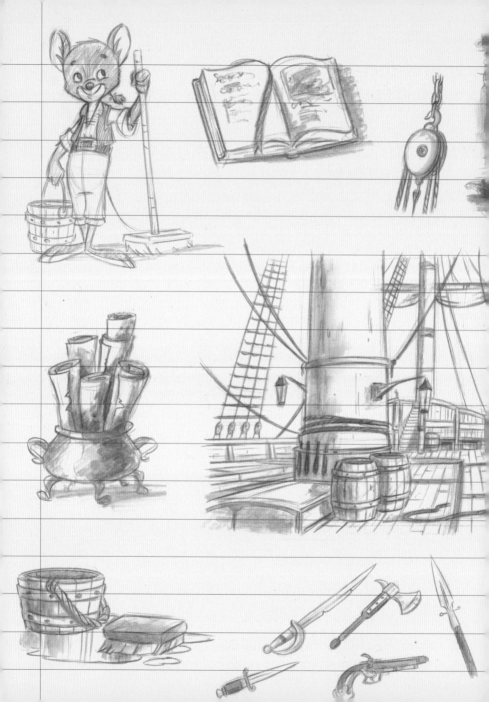